大活字本シリーズ

宮城谷昌光

随想　春夏秋冬

埼玉福祉会

随想 春夏秋冬

装幀　関根利雄

目次

随想 春夏秋冬

春の川

記憶には濃淡がある。

この濃淡はつねにおなじではなく、年月が経《た》つにつれて、変化する。また、過去のできごとを、人に語ったり、文章にして人目にさらすことによって、その明暗と深浅は変わる。

私にはどうしても忘れがたい目撃の事実があり、それをわずかな人に語ったことがあるが、いまだに重く胸にもたれかかっているので、もうこのあたりで多くの人に知ってもらうのがよいとおもい、ここで書くことにした。

たいしたことではない。が、私にとっては重い。

私は小説家志望で大学に入った。ところが卒業するまで、一編の小説も書かなかった。むろんある理由で、在学中は小説を書かない、と決めていたからである。その理由については、いずれ書くことにする。

卒業が近づいてきたころ、私は、はた、と気づいた。社会人となってどのように生きていったらよいか、まったく考えていなかった、ということをである。学生をやめた翌日から小説家になれるはずもないのに、在学中はまったく就職活動をしなかった。それゆえ私は卒業後つまり四月から職を捜しはじめた。こういう浮世ばなれした私を、あ

きれ顔で見守っていた友人が、ついにみかねたのか、

「うちの会社にこないか。ひとり募集している。くる気は、あるか」

と、いってくれた。

――募集しているのは、営業か……。

その会社での業務内容をきかないうちに、

「よろしく、たのむ」

と、私はいってしまった。小説を書きはじめるためには、東京に住みつづける必要があると信じていた私は、どんな仕事でもするつもりであった。数日後、私は飯田橋駅から遠くない小さな出版社へゆき、かんたんな面接試験をうけた。おそらく友人の根まわしが効《き》いていたのであろう。私はあっけなく採用された。翌日から出社した私は、与

えられた机をみて、おどろいた。

――あれ、営業ではない。

経理であった。経理の仕事をする自分を想像していなかったので、内心、たじろいだ。ソロバンに関しては、塾に通ったことはなく、中学校で習っただけである。このとまどいと恐れに社主が気づいたのか、私を不審《ふしん》の目でみるようになった。社主は老女で、世の辛味《しんみ》をなんども噛《か》んできたという貌《かお》をもち、社員には厳しかった。

ある日、突然、私は多くの伝票を与えられ、計算をさせられた。ひたいの汗をぬぐうゆとりももたず、数字を答えると、社主は冷眼を保ったまま、経理部長に、

「合ってる」

と、訊《き》いた。経理部長は温厚で寡黙《かもく》な人で、表情を変えず、

「合っています」

と、いった。私はほっとした。ずいぶん冷や汗をかいた。

だが、こういう状態では、社員として長つづきするはずもなく、翌年の春を待たずに、この会社をやめた。いったん郷里に帰った私は、仲春に上京した。憂鬱《ゆううつ》な春であった。

私は電車に乗って、立ったまま車窓から川をながめていた。その電車とは総武線であったのか中央線であったのか、さだかではないが、電車は市ヶ谷と飯田橋のあいだを走っていた。私がみていた川とは、いうまでもなく神田川とそれにつながる濠《ほり》の水である。

――おや……。

私は目を凝《こ》らした。川に人が浮いている。中年の男性で、腹が少々ふくれている。髪はすくない。両手をひろげ、あおむけである。

――なんだ、泳いでいるのか。

そうおもった瞬間、満開の桜が視界にはいった。私はぞっとした。こんな季節に泳ぐ人はいない。するとあれは、死体ではないのか。そう考えた私は、乗客が気がついて騒ぎはじめる瞬間を待った。だが、たれひとり声を挙《あ》げない。この静けさのなかで、川をながめている人たちに、

「あれ、死体ではないですか」

と、呼びかけたくなった。なぜかれらの目に、川に浮かんでいる男がみえないのか。その光景から電車が遠ざかったあと、私の動悸《どうき》は静

まらず、下宿の自室にもどったあと、新聞の夕刊をすみずみまで読んだ。神田川に死体、という文字はどこにもなかった。翌日の朝刊にも、そういう文字も記事もなく、私は唖然《あぜん》とした。

——では、私がみたのは、何であったのか。

この謎《なぞ》に苦しんだ私は、いっそそれを小説に仕立ててみようと思い立ったが、ついに書けなかった。

夏の靴

新聞の求人欄を穴のあくほどみつめていたのは、その時が、最初で最後であった。その時、と書けば、ごく短い時間であると想《おも》われてしまうのであれば、そのころ、と書き換えてもよい。

そのころとは、私が大学を卒業して、最初の就職が長つづきせず、会社をやめたあとにめぐってきた春の間の半月ほどをいう。

身長一六五センチメートル、体重五〇キログラム未満であった私は、強い風が吹けば飛ばされそうであり、そういう脆弱《ぜいじゃく》な体力では、力仕事はむりであった。かといって、数字につきまとわれる事務は苦手であった。東京で生きてゆくために何でもするつもり、というのは、口先だけではなかったが、できないことは、やはりできない、といわざるをえなかった。

新聞の求人欄には、勤めてみたいとおもわせてくれる会社や店などはひとつもなく、毎日、私は新聞を手に嘆息をくりかえしていた。悩み苦しんだすえに、

――小沼《おぬま》先生にお目にかかってみよう。

と、おもった。小沼先生は、私にとって大学の恩師である。本名は小沼救《はじめ》であり、英文学者であるが、ペンネームの小沼丹《たん》のほうが広く

知られている。すなわち小沼丹は小説家であり、『村のエトランジェ』という作品は、昭和二十九年（一九五四年）に芥川賞候補になった。文学史的にいえば、「第三の新人」のひとりでもある。

日曜日に、私は中央線の電車に乗り、三鷹《みたか》へゆき、先生を訪ねた。就職の斡旋《あっせん》をしてもらう気は毛頭なく、むしろ東京で生きてゆくためのヒントをさずかりたかった。が、先生は私の窮状をあわれんだようで、

「ぼくの友達が編集長をしている出版社がある。アルバイトでよかったら、そこに行ってみないか」

と、会社の電話番号をおしえてくれた。

月曜日に、私は銀座にいた。その出版社は銀座の五丁目にあった。

電話にでてくれた小沼先生の友達とは、吉岡達夫《よしおかたつお》さんであり、かれは編集者であると同時に小説家であった。吉岡さんには、『オレンジ運河』という代表作があることを、あとで知った。華やかな銀座のただなかにあるとはおもわれない古いビルの階段をのぼってゆくと、その会社はあった。吉岡さんはすこし坂口安吾《さかぐちあんご》に肖《に》ていた。

「君か、小沼の下にいたのは――」

と、吉岡さんが話しはじめると、きき耳をたてていた社長がつかつかと寄ってきて、

「編集部のアルバイトは、先週、決めたでしょう」

と、声高にいい、ふたりも要《い》らない、と暗に釘《くぎ》をさした。だが、吉岡さんが、

「なんとかなりませんか」

と、粘ってくれたおかげで、私は営業のアルバイトとして拾われた。小さな会社であるから営業は販売を兼ねていた。「文藝春秋」を追随する方向にあるとおもわれる月刊誌が、この会社の看板雑誌であり、それが発売されるころ、私は多くのポスターをもたされて、都内をめぐった。書店に飛び込んで、

「ポスターを貼《は》らせてください」

と、頭をさげた。都内をまわるだけまわると、埼玉県の書店まで行った。すでに夏であり、シャツは汗みどろになった。が、私はこの仕事がいやではなかった。六月の上旬に、足の裏に違和感をおぼえた。靴をぬいでみると、なんと靴底に穴があいていた。ひと月半で靴がつ

ぶれたのである。靴を買い替えた私は、八月にはまた靴がだめになる、とため息をついた。ところが新橋の駅前に露店《ろてん》の靴屋がならんでおり、そこで靴の裏に金属を打ってもらうと、靴の減りがゆるやかになることを知った。

八月下旬になっても、靴に穴はあかなかった。私は社長に呼ばれた。

「君、編集をやってみないか」

この声をきいたとき、靴を買い替えるのは、秋がすぎてからだろう、とおもった。

秋の歌

大学生であった私は、フランス詩と日本の詩と小説ばかりを読んでいた。

英文科にいながら、英米文学から目をそらしていた私は、変わり者、とみられていたらしい。地下鉄の東西線が部分的に開通したあと、私は池袋発のバスをやめて地下鉄を利用して大学に通うようになった。

あるとき地下鉄の高田馬場駅で電車を待っていると、まったく親しく

ない同級生（女学生）が私に気づいたようで、

「あなたは、変わり者の宮城谷さんですよね」

と、声をかけてきたので、ええ、そうです、と答えておいた。これほどはっきりと変わり者といわれたのは、そのときだけである。

ところで、フランス詩を大いに好んだにもかかわらず、私はフランス語が苦手《にがて》であった。読んでいたのは翻訳された詩である。大学ではフランス語を第二外国語として選び、受講したが、さんざんであった。ボードレールの『パリの憂愁』（抄）をテキストとして与えられたが、教授には、

「君ほど、ひどい発音はめずらしい」

と、顔をしかめられた。翌年、モーパッサンの短編集がテキストと

なったが、期末テストで不合格になった。それゆえ三年生になっても、フランス語の授業を受けなければならなかった。ただし悪いことばかりはつづかず、ちがう教授がミュッセの戯曲をテキストとして与えてくれたので、気分よく学ぶことができ、テストも合格したので、以来ミュッセの作品は好きになった。

だが、フランス語が苦手だ、というコンプレックスは、卒業しても消えなかった。そこで、会社員になってから、一念発起《いちねんほっき》して、NHKラジオのフランス語講座を録音して、聴きつづけることにした。夜は、フランス語を聴きながらねむるようになった。それを、一年、二年、三年とつづけた。そのおかげでフランス語をみても苦痛をおぼえなくなった。

フランスの詩集を、原書で、すこしは読めるようになった。やがて、ある一文が、私の胸からはなれなくなった。それはボードレールの『悪の華』のなかにある「秋の歌」の冒頭である。

Bientôt《ビアント》 nous《ヌ》 plongerons《プロンジュロン》 dans《ダン》 les《レ》 froides《フルワド》 ténèbres《テネブル》;

フランス語は英語とちがって、発音をカタカナで書いたものを、そのまま読んでもぞんがい通じやすい。Bientôt は「やがて」、nous plongerons は「私たちは沈むだろう」、dans は「〜のなかに」、les froides ténèbres は「冷たい闇《やみ》」である。日本文に組み立ててみると、「やがて私たちは冷たい闇に沈むだろう」

と、なる。

小説家として立つには、いちど地獄のようなところでのたうちまわり、そこをぬけてゆかなければならないということは、尾崎一雄の『暢気眼鏡《のんきめがね》』を読むまでもなく、私にはわかっていた。ボードレールのその一行もおなじことをいっている、とおもった。深く沈まなければ、高く浮上しないのである。ただしその詩は、「私」が主語ではなく、「私たち」が主語となっている。そこにボードレールの認識の深さがある。私たち、とは、「私と友人」ではなく、「私と女」、もっといえば「私と妻」ということであろう。私はボードレールの私的な事情をさしおいて、私自身にひきつけ、そう解釈した。

当然のことながら、そのころ、私はまだ結婚していなかった。が、妻となる人とともに冷たい闇に沈んでこそ、私は本物の小説家になれるのではないか、とおもいはじめていたこともたしかである。ただし悲惨な苦難をともにかいくぐってくれる人など、あらわれるのだろうか。会社をやめた私は、東京で孤独であった。

秋がすぎ、冬となり、年があらたまった。私は二十八歳となった。

ある日、郷里の母から電話があった。見合いの話であった。

冬の見合い

私の誕生日は二月四日である。立春と重なることが多い。二十八歳になったその日から、三日後に、私は見合いをすることになった。その席は、郷里の愛知県蒲郡《がまごおり》市三谷《みや》町にある青柳《あおやぎ》旅館の一室であった。

出版社をやめてから、私はフリーライターになっていた。

その年は、一月中旬から、ある著述家の手伝いのためにホテルに籠《こ》もって仕事をしていた。そこに、見合いの話がはいってきたため、いそがしい、といってことわりたかった。ホテルに籠もっていた、ということは、いそいで仕上げなければならない仕事に直面していた、ということである。だが、電話をしてきた母は、

「青柳さんがもってきた話だから……」

ことわってもらってはこまる、という話しぶりであった。青柳さんとは、旅館の女将《おかみ》であり、母の知人である。私はしぶしぶその話を承《う》けた。

帰郷までに何日あったか忘れたが、私は落ち着かなくなった。青柳さんの顔を立てて見合いさえすればよい。しかしそれでは相手の女性に失礼であろう。いかにも不誠実である。もしかしたら、相手の女性

がほんとうに伴侶《はんりょ》になるかもしれないではないか。

――待てよ。私は、たれと見合いをするのか。

母は何もいわなかった。訊《き》かない私も迂闊《うかつ》であった。苛立《いらだ》ちがつのったあと、私は本屋へゆき、人相について書かれた本を捜して買った。

私は女性の顔を正視する勇気をもたない男であったが、今度ばかりは、目をそらしているわけにはいくまい。たぶん見合いの席で、初体面のふたりは、おざなりのことばを交わすだけであろう。相手の女性の本質をことばでさぐるより、自分の目で視《み》て、たしかめたほうが、まちがいはすくない。そう考えたのである。

私は買ってきた本をざっと読んだ。眉《まゆ》、目、鼻、上唇と下唇、耳などの形から、その人の性質を、ある程度、推定できることを知った。

――あとは、脚と声だな。

と、私はおもった。女性の脚から、知力と生命力がどれほどのものか、読みとる自信があった。志賀直哉の『暗夜行路』に、女の足音をきいただけで、この人は賢い、とわかる描写があるが、感性だけは小説の主人公にひけをとらぬものをもちあわせている、といううぬぼれが自分にはあった。ただし、見合いの席に相手の女性が和服を着てくると、脚をみることができなくなる。そうなったら、むしろ目をつむって、声をきくことにしよう。そういう心の準備をして、郷里に帰った。

ところで、途中の新幹線で、雨に遭《あ》った。私は旅行にでるとき、雨にふられたことがない。ふしぎなことがあるものだ、と、車窓の雨滴がながれ落ちるさまをながめていた。

見合いの相手の氏名がようやくわかった。

「本多聖枝《きよえ》」

と、いう。実家は織布業であるという。かつてその家業は盛大であったが、いまはさほどでもないらしい。大家《たいか》であっただけに兄弟姉妹は多く、どうやら姉妹は三人で、いちばん上の姉はとうに嫁に行ったようだが、残っている姉妹のうち、その聖枝という人がどちらになるのかわからないという。

――あいかわらず怪《あや》しい話だ。

私は小腹《こばら》が立った。

気が短い私は、東京へ引き返したくなったが、明日だけのことだ、と自分にいいきかせて我慢した。翌日、青柳旅館にでかけた。雪が落ちてきた。細雪《ささめゆき》である。旅館の女将はにぎやかに私と母を迎えてくれた。ほどなく、相手の女性が到着した。着物姿ではなかった。室内にはいってきたその女性の脚をみて、

——まさか。

と、私はおどろいた。その脚であれば、冷たい闇に私とともに沈んでゆき、やがて浮きあがってくることができる。この人は私の妻になりうる、と直感した。

旅のはじまり

回想録を書く気はまったくなかったが、いつのまにか回想風になってしまった。一作家の昔話にどれほどの価値があるのか、たぶん読者にさほど関心をもたれないであろう、とおもいつつも、この種のことを他誌に書いたことがないので、ここで書きつづけることを宥《ゆる》してもらうしかない。

昭和四十八年（一九七三年）に、二十四歳であった本多聖枝《きよえ》は、二月に私と見合いをして、二か月後の四月には、宮城谷聖枝となった。

その見合いをふりかえってみて、あれほど暗い見合いはめずらしいのではないか、と私はおもっている。ふたりが何を話し合ったのか、こまかくは憶《おぼ》えていない。たしか、私はこういう質問をした。

「いままで、楽しかったことは、ありましたか」

「何もありません」

と、彼女はためらうことなく答えた。

私はそういった。そのとき私は彼女の真実の声をきいたような気がして、この人にはことばを飾る必要がないとわかり、うれしかった。

「ぼくもだ」

蒲郡《がまごおり》にこういう人がいると実感して、おどろいたともいえる。さらに

おどろいたことに、

「尼寺へゆけばよいのです」

と、彼女はつぶやくようにいった。

——この人は、オフェリアか。

私はほんとうにそうおもった。そのことばには主語が省略されていたが、おそらく、

「私のような者は、尼寺へゆけばよいのです」

と、いった。そう私は解釈した。が、そのことばは私にむかって放たれたわけではないので、あいづちをうつことも、たしなめることもできず、私は絶句した。

ふたりは沈黙しつづけた。

そのうち私は心のなかで微笑した。彼女はもってきたハンカチを膝《ひざ》の上でひろげ、それをていねいにたたむと、またひろげて、またたたんだ。そのくりかえしは、ほほえましかった。ただし彼女のその行為は、彼女自身と家の事情がもっている暗さとやるせなさの表れにちがいなかった。ひろげたハンカチは、哀《かな》しみの小さなひろがりともみえ、彼女の膝の上にのったままであり、他人がたたんでくれるわけではなく、自分でたたむしかない。そういうことであろうと私は理解した。

やがて彼女は、唐突に、

「旅行にゆくかもしれません」

と、いった。それで見合いは終了した。

家にもどった私は、おどろきからさめず、

――深い時間だった。

と、くりかえしおもった。喋《しゃべ》っていた時間よりも、黙っていた時間のほうがはるかに長かったが、黙っていても、ふしぎに苦痛ではなかった。たぶん私は黙っているあいだに彼女の容貌《ようぼう》をこまかく観察しつづけていた。それは自分ながらよくやったとおもったが、家にもどってから、重大なことに気づいた。あまりにも細部に気をとられていたため、彼女がどのような顔をしていたのか、わからなくなったということである。

母は私をうかがうような目で、どうだった、と訊《き》いた。私はためらわず、

「結婚してもいい」

と、ぶっきらぼうに答えた。母はうれしげに、

「さっそく、青柳さんに電話するけれど、いいのね」

と、念をおした。私はうなずいてみせた。このあと私はいそいで東京にもどったが、彼女が返事を保留したため、日をおいてふたたび蒲郡で彼女と会い、じかに返事をきいた。その返事とは、

「行きます」

という短いものであった。旅行に行くので、あなたとはもう会いません、ということわりか、と一瞬おもった。が、そうではなく、あなたのもとへ行きます、という返事であった。私はうれしかったが、心のなかで詫《わ》びた。

——ここよりすぎて悲しみの都へ。

結婚はそういう旅のはじまりになる、とは、どうしても彼女に語《っ》げられなかった。

書　道

私が小学生のころ、町内に英語塾はなく、小さな学習塾はあったかもしれないが、みなが知っている塾は、ソロバン塾と書道塾だけであった。

書道塾は、小学校の近くの寺がそれであり、先生は寺の住職であったはずである。私は、ソロバンは実用的でありすぎ、書道は非実用的でありすぎる、と子ども心におもっていたので、どちらの塾もゆかなかった。

大学生のとき、同級生のひとりが私のノートをみて、

「宮城谷さん、字、へただ」

と、いった。なるほど、そのころの私の文字は、右あがりのくせ字で、しかも線が細かった。しかし、へただ、と嗤《わら》われるほどへたではあるまい、とおもっていた。

だが、本気に小説家をめざすようになると、

――筆をもてないと、本物ではない。

と、おもいこむようになった。小説こそ非実用的であり、その非実用の世界で真実を追い求めるときに、非実用的な書道がいかに重要であるかを知った。私は筆をにぎったことがない。それが大いなるコン

プレックスとなった。書道塾にゆかなかったことを悔やむ気持ちが年々大きくなった。

——良い作家は、良い文字を書く。

良い文字とは、巧《うま》い文字ということではない。あじのある文字、といいかえてもよい。そうなると、良い文字を書けない私は、いつまでたっても良い作家になれないことになる。悩みは、深く、大きくなった。

ところが、結婚してほどなく妻が、

「書道をつづけて、いいかしら」

と、突然、いったので、私はおどろきつつ快諾した。

妻の書道の先生は、木《き》俣《また》景《けい》雲《うん》といい、住所は蒲《がま》郡《ごおり》市内の拾《ひろ》石《いし》町であるという。ただし拾石町はわが家からかなり遠かった。それでも妻は通いつづけた。

やがて私は木俣先生に面識を得て、その書道塾（高明《こうめい》書道会）をのぞかせてもらい、どのような文字が書かれているかを知った。漢字が多かった。みただけでは、読み方も意味も出典もわからなかった。まさかそのあとに自分が中国の古代史にのめりこんでゆくとはおもわなかったが、そこに小さなきっかけがあったといえなくはない。

数年後、わが家とはべつなところで、私は英語塾を開くことになった。その際、妻は、

「わたしも子どもたちに習字を教えるわ」

と、いい、私の収入のすくなさをおぎなおうとした。書道塾を開く

については、木俣先生の許可を得なければならなかったことはいうまでもないが、師範の免許も取りたかったらしく、妻は猛勉強をしはじめた。やがて私の英語塾は、おなじ教室でありながら、時間や曜日がかわると書道塾となった。

私はこの塾で、はじめて妻から書道の手ほどきをうけた。筆の持ちかた、墨の磨《す》りかた、紙の表裏のみわけかた、などから墨と硯《すずり》の良否まで、基本的なことを教えられた。私はようやく筆を持てるようになったのである。筆で書くことに慣《な》れるために、手紙や葉書などは、なるべくペンをつかわないようにした。

そのうち、書《しょ》の良し悪しが、すこしはわかるようになった。それをわからせてくれたのは、妻の書道塾に通ってきている子どもたちの文字である。良く書けている子の作品は、教室に貼《は》られる。妻の判定をあらわす朱色のマルがあちこちにつけられている。それらをながめているうちに、「こころ」とか「気」とか「実《み》」とかいうものがない文字は、形はきれいでも、人にうったえる力がないことに気づかされた。

――小説もそうだ。

わかりきったことである。が、わかりきったことが、ほんとうにわかるまで、これほどの歳月がかかり、しかも子どもたちの書によって、おもい知らされるとは。

「無用の用」

とは、よくいったものである。

信楽《しがらき》

「陶磁器がわからなければ、文学はわからない」

これは、たれがいったことばでもない。若いころの私が、自身にいったことばである。自身を呪縛《じゅばく》したといってもよい。

大学生のころの私にとって、小説家は川端康成、評論家は小林秀雄、詩人は中原中也であった。川端と小林の陶磁器好きについては、よくわかっていた。しかし、悲しいことに、私には陶磁器がまったくわからなかった。そこで卒業後に、民陶について知るために、民芸運動の創始者である柳宗悦《やなぎむねよし》の本を読み、ついで水尾比呂志《みずおひろし》の著作を熟読した。おもいあまって水尾に手紙をだしたところ、おもいがけなく返事をもらえたことは嬉《うれ》しかった。

しかし、どれほど本を読んでも陶器を理解したとはいえず、というよりも、感覚の手が陶器をしっかりとつかんだ、という実感がまるでなかった。陶器と磁器は、みているだけではだめだ、ということだけはわかった。

やがて結婚した私は、妻の希望を容《い》れて、新婚旅行先に京都と奈良を選んだ。京都では五条坂の陶芸店へゆき、さらに山を越えて、山科《やましな》の清水《きよみず》焼団地まで行った。妻も陶磁器が好きであった。

信　楽

その年の秋に、突然、妻が、

「信楽《しがらき》へゆきたい」

と、いいだした。むろん信楽は滋賀県にある。

――信楽といえば、信楽宮《しがらきのみや》か……。

私がまず想《おも》ったのは、日本史の教科書に載《の》っていた聖武《しょうむ》天皇の離宮である。妻はその離宮跡がみたいのか。だが、しばらく経《た》ってから、信楽は陶芸の里である、と気づいた。すなわち妻は信楽焼をみたいのだ、とわかったものの、私の関心はうすかった。つまりそのころまで私が陶器とおもっていたのは、明治以降のもので、信楽のような古窯《こよう》をほとんど知らなかったということができる。

「いいよ」

と、私は答えてしまったので、忘れるふりをするわけにもいかず、ついに旅行日を定めた。

時刻表をみるのが好きな妻は、奈良から、午前中に、信楽行きのバスがでていることをみつけた。そこでわれわれは、そのバスに乗ることになった。愛知県にいたわれわれが、当日、家をでてそのバスに乗れるはずはないので、前日に京都か奈良に泊まったはずなのであるが、どちらに泊まったのか、憶《おも》いだせない。ちなみに、いま奈良から信楽へ行くバスはでていない。

じつはそのバスは奈良をでたあと、京都府の加茂《かも》を通り、和束《わづか》を経て、滋賀県にはいるという長距離を走った。加茂をあとにすると、坂道ばかりとなり、バスはゆっくりと走った。いちどでは曲がれず、二度、三度ときりかえす難所が一か所あった。とにかく車窓から茶畑がみえて、のどかであった。

ただしこの信楽行きが、自分にとって重大事になるとは、車中の私はまったくおもわなかった。

ようやく道がくだりになった。

製陶所と陶器を売る店がちらほらみえるようになった。すると私のなかで何かが動いた。感性が立ったといってもよい。信楽焼といえば、タヌキの置物が定評であるらしいが、私の目はタヌキをみずに、壺や花器などをみた。車中にいながら、私は信楽焼の赤や緑などの色に染《そ》められていた。たぶん私はそれらの色を音楽の和音のように感じていた。まさに私は陶然《とうぜん》とした。信楽焼が視界のなかばを占めるようになると、私は温《あたた》かいものにくるまれた感じになった。バスをおりると、早足で陶芸店にはいり、信楽焼をながめつづけ、ついに手にとった。

——事件だ。

と、おもった。事件だ、事件だ、と叫びつづける声が胸裡《きょうり》にあった。いまさわっている陶器が、ほんとうの陶器なのである。私は自身の感動を信じた。この感動がなければ、陶磁器は永遠に書物のなかの器《うつわ》でありつづけたであろう。

紙のピアノ

上京して、時間にゆとりがあれば、かならずゆくのが銀座の山野楽器と伊東屋である。私はいま四種類の原稿用紙をつかっているが、それらすべてを伊東屋で買っている。

二、三年まえに、伊東屋へ行ったときのことである。

エレベーターで上の階へ昇り、扉がひらいたので、二、三歩踏みだしたとき、おなじエレベーターに乗っていた中年の紳士から声をかけられた。

「宮城谷さんですね」

「ええ、そうです……」

「私は、あなたのあれを、もう八回も読みました」

「はあ、あれ、といいますと」

私の作品のなかで、八回もくりかえし読まれる作品があるとは、嬉《うれ》しいかぎりなので、それがどの小説であるか、紳士の答えを、胸をときめかせて待った。

「音楽のあれですよ」

「あっ、あれ、ですか」

小説ではなかった。その本とは、新潮社からだした『クラシック私だけの名曲一〇〇一曲』である。

その日は、ふしぎな日で、私は人と会わなければならなかったが、
初対面のその人からも、

「あなたのクラシックの本、買いましたよ」

と、いわれた。私は音楽の専門家ではないが、その本はぞんがい好評で、音楽界の人からも恵信《けいしん》をもらった。それらのことを意《おも》うと、後世、私は音楽評論家とまちがえられて、

「小説も書いていたんですって」

などと、いわれかねない。この想像は、いたってつらい。

つらいといえば、憶《おも》いだしたことがある。高校一年の春に、自分の学力のなさに愕然《がくぜん》として、大いに苦しんだ。ついに、能力をたやすく

数値化されない世界で生きてゆきたいとおもうようになり、その世界とは音楽の世界であると断定した。この意いをうちあけるだけではなく、実行に移させてくれる人を捜さなければならなかった。その人とは、

――中学の音楽の先生しかいない。

と、私はおもった。その先生は女性である。豊橋《とよはし》市内に住んでいることもわかったので、ある日、訪問して、

「作曲家になりたいのです」

と、志望を述べた。先生はおどろきをかくして、

「それなら、まず、ピアノね」

と、いい、私にバイエルと紙の鍵盤《けんばん》を渡した。バイエルは『バイエ

ル教則本』のことで、ピアノ入門教材のひとつである。紙の鍵盤は、ピアノの鍵盤が原寸大に印刷された細長い物である。こういう物があるのだ、と私は感心した。かんたんな手ほどきをうけた私は家に帰り、この紙のピアノに指をあてた。

この日から、一週間に一度、ピアノの練習のために先生の家へ行くことになった。先生には勤めがあり、私には高校の授業がある。すっかり暗くなってから、一時間ほど教えをうけた。

やがて、夏休みになった。

熱心に紙のピアノを弾《ひ》きつづけた私は、音のでないピアノから音を聴けるようになった。するとむしょうに本物のピアノを弾きたくなった。

——そうだ、中学校にはグランドピアノがある。

数か月まえまで通っていた中学校の音楽教室にはいることができれば、ピアノを弾ける。ただし、無断である。多少、気がひけたが、ある日、まだ暗いうちに起きて、星空をながめながら、丘の上の中学校へ行った。一階の音楽教室の廊下側の窓が完全に閉じられていなかった。私はそこから教室内にはいり、ピアノのまえに腰かけた。本物の鍵盤に指をおろすと、いい音がした。この日から、ほとんど毎朝、無人の音楽教室へ通った。だが、夏休みが終わるころに、宿直の先生に気づかれた。私の作曲家志望は、そのとき潰《つい》えた。

小沼《おぬま》先生のほめことば

雑誌記者になってから、しばしば小沼丹《おぬまたん》先生の宅《いえ》（三鷹市）を訪問するようになった。用事があるわけではなかった。ぶじに勤務していることを報告するというよりも、先生のお話をうかがいたいだけであったのに、先生は迷惑顔をなさらなかった。

先生は饒舌《じょうぜつ》の人ではなかった。ぽつりぽつりと語る、という感じなので、話題を見失うと、ふたりとも黙ってしまうということがしばしばあった。ただし三浦哲郎《みうらてつお》さんについてだけは、俄然《がぜん》、口数が多くなった。

私は、無名のころの三浦哲郎さんが同人誌に掲載された作品を、小沼先生に読んでもらっていたことを、はじめて知った。当然のことながら、話のながれは、あの名作『忍ぶ川』にゆきついた。

「いきなり芥川賞をとったのだから、おどろいた」

小沼先生の、この「おどろいた」ということばを、その後、何度きいたことか。

「ぼくは、当時の傾向をみて、かえってうんと古い形の小説を書くといい、と三浦くんにいったんだ」

これが、三浦さんが『忍ぶ川』を書くまえの小沼先生のアドバイスであった。ただし三浦さんが、後年、当時を回顧した文章に、このことばはあらわれていない。三浦さんの「横顔」という随筆には、新宿の樽平《たるへい》ではじめて妻のことを小沼さんに白状した、とある。結婚までのいきさつを長々と語ると、小沼さんは、それを小説に書け、といった。そのつぎを引用させてもらうと、こうである。

「変に細工しないで、そのまま書くといい。きっといいものができるよ。」

私は鼓舞されて、その夏、八十五枚の作品に書き上げ、『忍ぶ川』という題をつけて「新潮」の十月号に発表した。

いうまでもなく、『忍ぶ川』は昭和三十六年（一九六一年）に芥川賞を受賞した。

私は小沼先生の「おどろいた」ということばが強く脳裡《のうり》に焼きつけられていたので、のちに三浦さんにお会いしたとき、そのことを語《つ》げた。すると三浦さんは笑い、

「小沼さんは、ああみえても、自身の作品が受賞しなかったことで、ずいぶんくやしかったのだろう」

と、いった。ああみえても、というのは、飄々《ひょうひょう》としていて、ものごとにこだわらないようにみえるが、ということである。私は三浦さんにそういわれて、小沼先生の「おどろいた」の底に沈んでいたものが、みえるようになった。

小沼先生の作品は昭和二十九年から三十年（一九五四年〜五五年）にかけて、芥川賞候補に三回なっている。その後、直木賞候補にもなったが、いずれも受賞しなかった。

――人はくやしいから小説を書く。

そうではないか。人生にくやしさをおぼえない人が、小説を書けるはずがない。

私は二十代をすぎ、三十代をすぎても、うだつがあがらなかった。四十代のなかばでようやく『天空の舟』を商業出版することができた。小説家として第一歩を踏みだした私は、その本を小沼先生に贈呈したあと、妻をともなって先生宅を訪ねた。そのとき先生からいわれたことは、

「君の本は、あとがきが、よかった」

ということであった。

だいぶあとに、安岡章太郎さんにお目にかかったときに、

「小沼さんに、いちども作品をほめてもらったことがないのですよ」

と、いうと、安岡さんはうれしそうに、

「他人の作品をほめるようになったら、小沼はおしまいだよ」

と、おしえてくれた。

――そうか。

私は急にうれしくなった。あとがきでも、小沼先生にほめてもらったことは、一生の自慢になる、とわかったからである。

夏《か》姫《き》の怪《かい》

私がこの話をすると、きいている人は悪寒《おかん》をおぼえるらしい。鳥肌をしずめるために、両腕をさする人さえいる。が、私は人に恐怖を与えるために、話を創《つく》ったわけではない。実際にあったことを、飾らずに、そのまま話したのである。

こういう話である。

『天空の舟』の出版が決まったあと、私はつぎの小説にとりかかった。

——夏姫《かき》を書こう。

この意《おも》いは、かなりまえからあったので、すぐに書きはじめた。題名を『夏姫春秋《かきしゅんじゅう》』とした。夏姫は中国の春秋時代の美女である。美しすぎるがゆえに、彼女にかかわった男はつぎつぎに不幸な死にかたをした。が、そういう事実を知っていながら、夏姫を愛しぬいて、凶悪な結末を夏姫とともに超《こ》えた男がいた。巫臣《ふしん》という大臣である。ふたりが国外へ脱出するクライマックスの描写は、

——錯落《さくらく》とした星空の下で、ふたりを乗せた馬車は丘を走り去った。

という文章にするつもりであった。ところが史実では、巫臣はさきに夏姫を生国へ帰して、あとで再会し、まんまと亡命をはたしたため、

私はついにその文章をつかうことができなかった。それはさておき、私は夏姫を悪女だとはおもっていなかったので、彼女の汚名《おめい》をすすぐためにも、また巫臣の勇気をたたえるためにも、少々気張って書きつづけた。

ある夜、奇妙なことが起こった。

ねむりについたばかりのとき、床の間のビデオデッキがポンと音を発した。直後に、デッキのなかのカセットが飛びだしてきた。むろんデッキにスイッチははいっていなかった。それにしても、そのカセットは、気がついて頭をあげた私の枕《まくら》もとまで飛んできたのであるから、一メートル弱は飛んだことになる。

これが怪事件の一とすれば、怪事件の二は、風呂釜《ふろがま》の爆発である。

私の妻の母親が蒲郡《がまごおり》市からとなりの幸田《こうた》町に転居した。ひとりで住まわせるわけにはいかないので、われわれ夫婦が同居することになった。ところが転居先のその家の風呂の調子が悪く、外の焚《た》き口《ぐち》をみにゆくと、小さな爆発音とともに釜の蓋《ふた》が飛んだ。その蓋は数メートル上昇して落ちた。

それらは偶然であるとしよう。

つぎが、もっとも恐ろしい。

われわれ夫婦は借家で塾をひらいていた。夜、教室を閉じたあと、掃除を終えて、私と妻はそれぞれ自動車を運転して幸田町の家にもどるのである。私は実家にも教室をもっていたので、自動車が二台ないと、やりくりがつかない。その夜は、幸田の家にもどるだけであったので、私と妻は同時に出発した。妻の自動車がまえ、私の自動車がうしろである。ほどなく私は間道をえらび、妻の自動車からはなれた。が、間道は幹線に合流するので、私の自動車は妻の自動車から遠くない距離で走ることになる。案の定、信号待ちをしていると、目のまえを妻の自動車が通過した。直後に信号がかわったので、私は妻を追いかけた。すぐに道は上りになり、やがて下りになった。前方に街の灯があり、逆光のために、まえの自動車のなかの人影が大きくみえた。

――おや……。

助手席にも人影がある。光の角度がかわると、影がずれて、わずかに容姿がみえた。その人は年配の婦人のようである。とっさに、妻は知人を拾って送ってゆくのだ、とおもった。どこまで送ってゆくのか、気になったので、妻の自動車を見失わないように走りつづけた。だが、どういうわけか、妻の自動車はまっすぐに義母の家へむかい、停止したではないか。直後に自動車を停《と》めた私は、いそいでドアをあけ、猛然と走り、歩きはじめた妻に声をかけた。助手席に乗っていた人は誰なのか、と問うたのである。妻はふしぎそうに、誰も乗っていないわよ、と答えた。なるほど助手席には誰もいなかった。この瞬間、夏姫が妻の自動車に乗って、この家に引っ越してきたのだ、と私はおもった。

藤原《ふじわら》審爾《しんじ》氏のこと

私が雑誌記者であったことは、まえに書いた。

編集事務についてまったく無知であった私は、しばらくグラビア・ページをうけもたされた。慣《な》れたあと、記事をあつかうようになり、やがて連載小説のページを担当することになった。雑誌には毎月二本の連載小説が載《の》せられ、一本は池波正太郎氏のもの、ほかの一本が藤《ふじ》原審爾《わらしんじ》氏のもので、私は後者の担当となった。その小説の連載開始のまえに、私は先輩や友人からいろいろなことを教えられた。藤原審爾氏の代表作は『秋津温泉』であり、かれの小説の多くは日活映画の原作になっていることなどである。が、私にむけられるまなざしに憐憫《れんびん》の色があることを察し、首をかしげた。

――かれらがはっきりとは教えてくれない何かがあるにちがいない。

私はそう感じたが、恐れをおぼえなかった。仕事が苦痛ではなかったからである。多くの人に会えることが、楽しかった。

藤原審爾氏は杉並《すぎなみ》区の天沼《あまぬま》に住んでいた。じつは、その家は私が住んでいるアパートから遠くなかった。

すぐに、この担当の困難さがわかった。まず藤原氏は遅筆であった。月のなかばに池波氏の原稿はとどくのに、藤原氏のそれは、タイトルさえとどかない。締め切り日がすぎても、原稿をもらえなかった。出張校正といって、編集部員のすべてが印刷所にはいって校正をおこなうころ、ようやく原稿をもらえたが、全部ではない。それを、

「さみだれ入稿」

と、呼ぶらしいが、すくない枚数が、にわか雨のようにはいってくる。むろん、毎日、印刷所から天沼までとりにゆくのである。いま憶《おも》えば、あれは、

「しぐれ入稿」

のほうが正しいであろう。当時は、コピーさえないので、うけとった原稿をもって新宿三丁目の画家のもとへ走った。深夜である。その画家は、いつも低い音でバロック音楽を聴いていた。

はじめて藤原氏の原稿を受け取ったとき、唖然《あぜん》とした。読みとることができなかった。二百字詰原稿用紙に書かれていた文字は、エンピツで薄く書かれていた。つまり藤原氏はエンピツのいちばん上をつまむようにもって、力をいれずに書いていた。したがってその文字は、ふるえ、くねっていた。

——これは、読めない。

そうおもったが、私はそのまま植字《しょくじ》の現場へ渡した。ところが、きれいに活字になってでてきた。そういう文字でも、読める人がいたのである。私は原稿をそれとみくらべるうちに、たやすく読めるようになった。

あるとき、藤原家の玄関が運動靴でいっぱいになっていた。やがて、それらの靴は野球選手がはくものであることがわかった。

——先生は、草野球チームをもっているのか。

たしかに藤原氏は野球が好きであった。原稿を渡してもらえる日の夜に、藤原家へ行ったところ、すぐに夫人がでてきて、

「宮城谷さん、今夜は、だめよ。あれ、あれ——」

と、奥をゆびさした。あれ、というのはテレビのことで、そこには巨人・阪神戦が映《うつ》っていた。

その後、藤原氏の下で野球をしている人と話をするようになり、そのチームが草野球のレベルではないことを知った。甲子園経験者がすくなくなかった。藤原氏は私にこういったことがある。

「法政のセンターに、いい選手がいるんだ。打球があがった瞬間に、

スタートを切っている。うちのチームに、あの選手が欲しい」

「何という選手ですか」

「山本浩二という」

藤原氏の慧眼《けいがん》は、これにつきる。

連載小説が完了するまで、不掲載という事態はなかった。藤原氏は
私に気をつかってくれた、といまでもおもっている。

月と肉

藤原審爾氏のことで、書き忘れたことがある。

私が会社に勤めながら小説を書いていることを、藤原氏はいつのまにか知ったようで、あるとき、かれはこういう質問を私にした。

「君は月と肉《にく》（月《づき》）を、分けて書いていますか」

度肝をぬかれた、とは、このことである。つきもにくづきも、私にとっておなじで、分けて書くなどという意識は、みじんもなかった。

呆然《ぼうぜん》としている私をみて、かれは、
「ぼくは、分けて書いています」
と、いった。若い雑誌記者にむかって、そのときの口調は、奇妙なほど鄭重《ていちょう》であった。話し相手が小説家のタマゴであるとわかっていながら、まるで同年代の人と話すようであった。私は衝撃をうけた。藤原審爾という作家の誠実さを、おもいがけなくかいまみたという気分になった。そのときの光景が、四十数年経《た》っても、忘れられない。
ところで、つきとにくづきについていえば、つぎのようになる。
「月」(つき)
「月」(にくづき)
おなじにみえた人には、若いころの私とおなじ意識しかない。

甲骨文字《こうこつもじ》の月は、上弦《じようげん》の月である。中国の古代の人々が形象をどのようにとらえて文字にしたか。私は会社を辞《や》めてから十年後に、小説を書くために、どうしても甲骨文字を識《し》らなければならなくなった。甲骨文字が殷《いん》（商《しよう》）王朝期に創られたことはまちがいない。文字は人と人との交流のために必要であったわけではなく、最高の聖職者でもあった王が神と交流した証《あかし》として必要であった。その文字を亀甲《きこう》に刻み、占いもおこなった者を貞人《ていじん》という。その貞人のひとりに、黄《こう》、という人がいたことを知って、

——南方をながれる大きな川の淮水《わいすい》の近くに、黄という地がある。

と、おもい、もしかすると貞人は殷王の臣ではなく、地方の君主（あるいはその子）が王朝へゆき、しばらく殷王に仕えたその人では

ないか、と考えた。ただしそのようなことは研究書に書かれてはおらず、私の妄想《もうそう》にすぎないが、とにかくそういう発想をもったため、自分で甲骨文字を読めるようになれば、小説の世界がひろがるとおもったのである。

もちろん甲骨文字を読むことは、私のような非家《ひか》には、手におえないことなので、白川静博士の著作を、入手できるかぎりのものをすべて読んだ。耽読《たんどく》したといってよい。あえていえば、これほど楽しい読書はなかった。やがて古代の人々のありさまや風景がみえるようになった。

ちなみに、夕《よる》、は月とおなじ字形をしている場合がある。月を迎えるのが夕ということなので、おなじ文字となる。

肉は、切った肉で、人が食べるためにだけあるわけではなく、祭祀《さいし》にも用いられた。たとえば祭という文字は、肉と又《ゆう》と示《し》とでできている。示がテーブルであるとすれば、その上に肉がそなえられている。なお白川静著の『字統《じとう》』によると、人をまつるときには祭の文字を用い、自然神をまつるときは祀の文字を用いるということである。

月と肉は字形が似てしまったので、区別のために、なかの二本の横線の長さがかえられた。もともと甲骨文字でも、月はなかに小さな点をつけ、夕にはなかに縦の線があった。そのなごりでもあろう、月の二本線は、左からのびて右にとどかない。つまり、すきまがある。肉（月）には、すきまはない。しかしながら、いま両者の区別はむずかしい。

それでは、服《ふく》という文字のなかにあるのは、月であろうか、肉（月）であろうか。じつはどちらでもなく、左偏《さへん》は、舟であるという。むろんその舟は、人の乗る舟ではなく、盤《ばん》のことである。こういうことを、つぎつぎに識ってゆくと、古代の文字の世界からぬけられなくなる。

夜光虫の海

その女性が、わが家の住み込みの店員になったのは、私が高校生のときであったか、大学生のときであったか。ずいぶん記憶がおぼろである。

わが家は、蒲郡《がまごおり》市内に三つある温泉地のひとつである三谷《みや》温泉で土産物店を営み、売店の奥を喫茶店にしていた。ある日、家に帰ると、その女性がいた。

色の皎《しろ》い、髪の長い人で、長身ではなかったが、垢《あか》ぬけた感じがした。年齢は二十五、六歳にみえた。

――綺《き》麗《れい》な人だな。

と、おもった私は、まぶしげにその人を視《み》た。

二か月ほどまえに住み込みの店員がやめたので、母は人を捜していたのであろう。だが、どういうわけで、その人がわが家にきたのか、私は母に訊《き》かず、母も私に語らなかった。ちなみに、ほかの女性店員は、蒲郡市内から通ってくるY子さんという人がいて、私はその人の気どりのなさが好きだった。そのころY子さんは、二十七、八歳になっていたであろう。

新しい店員は、T子さんという。出身はわからなかったが、やがて、

――名古屋の人ではないか。

と、私はおもうようになった。近くにいながら、あまりT子さんと話さなかったのは、年齢がへだたっていたというせいもあろうが、T子さんのうしろにあるものから危険なにおいをかいだせいでもあろう。要するに、正体のわからない人に用心したのである。ときどきT子さんは、クラシック音楽について話した。ひとつ鮮明《せんめい》に憶《おぼ》えていることは、

「あなたは、マドンナの宝石も知らないの」

と、嗤《わら》われたことであった。「マドンナの宝石」は、ヴォルフ＝フェラーリによって作られた歌劇である。一九一一年にベルリンで初演された。T子さんがいったのは、その歌劇のなかの間奏曲であったに

ちがいない。宝石のかがやきを想《おも》わせるその曲ひとつで、フェラーリの名は不朽《ふきゅう》になったといってよい。ただし私はクラシック音楽好きではあったが、有名な曲を好まなかったので、その曲も知らなかった。T子さんに嗤われて、かなりこたえた。と、同時に、T子さんへの謎《なぞ》がいよいよ深まった。

さらに鮮烈であったのは、

「わたしは夜の海を、裸で泳ぐのよ。夜光虫がきれいよ」

と、T子さんがいったことであった。即座に私は、

——この人は、ほんとうに裸で泳いだのだ。

と、心のなかで断定し、衝撃をうけた。なぜなら蒲郡の夜の海が夜光虫によって妖《あや》しく美しくかがやくことを知っている人は、蒲郡市民

でも多くないはずだからである。ただし私はいちどだけであるが夜光虫の海を眺めたことがある。また、こういう文章のあることも知っていた。

古い記憶である。そのころは蒲郡の海も、毎夜、夜光虫が浪がしらに散って、さながら宝石をちりばめたやうだった。

この文章の書き手は、愛知県北部の旧津具《つぐ》村出身の佐々木味津三《みつぞう》である。かれは十九歳（数え年）から一年間、肺の病を治すために、蒲郡の海辺の別荘ですごした。明治大学卒業後に、純文学の作家となったが、のちに大衆小説に転じて、『右門捕物帖』『旗本退屈男』などを書いて人気を博した。引用したかれの随筆の文章は、中学校の国語の教師から教えられた。文章が美しく幻想的であるがゆえに憶えていた。

私はT子さんが人魚のように泳ぐ夜光虫の海をみたくなった。が、私がみた夜の海は、月もなく、ひたすら暗かった。私が東京で大学に通っているあいだに、T子さんは消えた。それを知った私は、どこにいても、暗い海をみつめつづけるようになった。それが私の青春の暗さであった。

競馬生活

数年間勤めた会社をやめたあと、わずか三、四か月間ではあったが、競馬だけで生活したことがあった。

会社をやめた理由ははっきりしていた。小説を書く時間を確保したくなったことが、ひとつ。もうひとつは、三十代になってから歴史を学んでも、自分が納得《なっとく》するところまでゆくには、おそらく四十代になってしまうので、二十代のうちに学びはじめなければまにあわないという焦燥《しょうそう》である。そのころ私は歴史小説家になろうと決意したわけではない。歴史を知ると知らないとでは、人生の豊かさに大いなる差が生じる、と気づいただけである。

退職金をうけとって、アパートに帰った。部屋にはいって、退職金をかぞえてみた。おもったよりすくなかった。

私はその金をみつめながら、しばらく考えた。二度と会社勤めをしない、と心に誓ってやめたのであるから、ちがう方向に収入源を求めなければならないが、その方向がみえなかった。

――この退職金は、一年後には、部屋の借り賃として消えるだろう。

では、毎日の生活をどうするのか。一日に千円あれば生きてゆけるが、その千円を毎日得るために外で働くのであれば、元《もと》の木阿弥《もくあみ》である。ほどなく、この退職金に手をつけなければ、部屋の借り賃のことは考えなくてよいことに気づいた。

――一週間に五千円あれば、なんとか生きてゆける。

部屋からでずに、毎週五千円を得る方法はないだろうか。私は自分の部屋をながめた。机の近くにならんでいるバインダーは、すべて競馬のデータであった。雑誌の編集部にいたとき、競馬特集をまかされたことがあり、さまざまな馬券術をこころみた。ほとんどの競馬評論家に会い、北海道の牧場にも、栗東《りっとう》のトレーニングセンターにも行った。当時としては値段の高すぎる、一冊一万円という怪《あや》しげな競馬必勝法の本を買い、その必勝法がほんとうに儲《もう》かるかどうかを、検証すべく、社員から金を集めて、一か月半ほどの間、実践した。その実践を、誌上に載《の》せた。結果は、といえば、倍になった。金をだしてくれたすべての人に、倍の金を返した。社長は一万円をだしてくれたので、二万円をとどけると、

「十万円、渡しておけばよかった」

と、けたたましく笑った。

――そうだ、競馬がある。

ただし、毎週かならず五千円を得るとなれば、一か月半で元金を倍にする方法では、まにあわない。そこで私が考えたことは、

――一・五倍の複勝《ふくしょう》なら、はずさない。

ということであった。馬券を買ったことのない人にとって、一・五倍の複勝とは、何のことであるかわからないであろう。馬券には数種

類があり、そのなかで、三着以内（出走頭数がすくない場合は二着以内）になる馬を当てることが複勝である。一・五倍というのは、オッズ（予想配当）である。つまり複勝のオッズが一・五倍の馬の馬券を買って、その馬が三着以内にはいれば、馬券代の一・五倍が払い戻しされる。一万円でその馬券を買えば、一万五千円がもどってくるのである。競馬を知らない人は、二倍や三倍のオッズの馬を狙《ねら》えばよいのに、とおもうかもしれないが、複勝で三倍になる馬は、人気の順位でいえば、だいたい六番目以降であり、確実性にとぼしい。競馬に関する格言で、これこそ至言《しげん》であるとおもったのは、

「一着になるとおもった馬を、複勝で買え」

というものである。この教えを守りぬけば、失敗することはない、

と自分にいいきかせた私は、さっそく週刊の「競馬ブック」を買ってきて、予想にはいった。出走予定馬の着順を自分のデータによって予想し、勝ち負けを争うことのできる馬で、しかも当日のオッズが一・五倍以上になりそうな馬を、金曜日までに選びだした。土曜日と日曜日は競馬場へ行った。こういう生活を三、四か月つづけたあと、私は疲労困憊《ひろうこんぱい》した。小説は、一行も書けなかった。

連《れん》歌《が》

記憶のなかにたしかにありながら、いままで書かずにきたことが多いことに、いまさらながらおどろいている。

大学の一教室の光景も、そのひとつである。

その教室は、古い校舎のなかにあり、聴講に集まる学生は多くなかった。人気のある教授の講義がおこなわれる教室は、新しく、しかも広い。それにくらべると、その教室はじみであった。はじめてその教

室にはいった私は、あたりをみまわして学生の数を算《かぞ》え、落ち着かず、

――選択をまちがえたかな。

と、早くも悔やんでいた。

やがて、あらわれた教授がすでに壮年をすぎていることはあきらかであり、もの静かであることにも、ひそかに落胆した。はつらつとした講義を聴きたかった私は、この教室でのたいくつさを予想し、

――この教授の講義を、一年も聴くのか。

と、うんざりした。国語の授業である。与えられたテキストは、「連歌《れんが》」であった。これも、じみであった。短歌でも俳句でもない歌に関心はなかった。

ところがである。その教授の講義を、一回、二回、三回と聴くうちに、私の心のなかに変化が生じた。連歌のおもしろさを知りはじめたと同時に、この歌の世界をこれほどやさしく説《と》けるこの教授は、尋常な人ではない、と気づいたのである。

「稲垣達郎《いながきたつろう》」

これが教壇に立っている人の氏名である。どういう人なのであろうか、とおもいはじめた私は、やがて、この人が二葉亭四迷《ふたばていしめい》研究の第一人者であることを知って驚嘆した。室町の歌学と明治の文学とが、稲垣教授のなかではつながっているのであろうが、外からみれば、両者の関係は見当もつかない。そこに文学者稲垣達郎のすごみがある、と私は意《おも》った。

稲垣先生から与えられたテキストは、すでに失ったが、連歌の冒頭の句は、忘れていない。

雪ながら山本かすむ夕べかな

『水無瀬三吟百韻《みなせさんぎんひやくいん》』にある宗祇《そうぎ》の発句《ほっく》である。この発句こそ、日本で最高の連歌集の冒頭に置かれたもので、連歌史上、これを踰《こ》える発句はない。句の意味は、こうである。峰にはまだ雪があるのに、その麓《ふもと》には春霞《はるがすみ》がかかって、夕べの紅に染められている。私がこの発句をはじめて読んだとき、なるほど絵画的ではあるが、さほど非凡な句ではない、と感じた。が、稲垣先生の説明をきいて、目から鱗《うろこ》が落ちたおもいであった。

「最初に、雪、を置かねばならぬのです」

稲垣先生の断定である。

――なぜ。

私は心のなかで問いの声を発した。ここから稲垣先生の解説に吸いこまれてゆく自分があった。そこでの説明を、ここで正確に再現するには、記憶に濃淡がありすぎる。が、私見をまじえれば、こうである。

六十八歳の宗祇が弟子のふたりとともに、水無瀬の御影堂《みえい》（大阪府島本町《しまもと》）において、連歌の会を催したのは、長享《ちょうきょう》二年（一四八八年）の正月二十二日である。じつはその年は、歌道に精通し、歌人の最大の庇護者《ひご》であった後鳥羽上皇《ごとばじょうこう》が、隠岐島《おき》で崩御《ほうぎょ》されてから二百五十年目にあたった。すなわち上皇の二百五十年忌《き》にあたって、上皇の離宮跡に建てられた御影堂に奉納したのが、その百韻である。

発句は、いつ、どこで詠《よ》まれたか、ということがわからなければならない。季節は、冬から移ってきたばかりの春である。そこで宗祇は、まず雪を置いた。つぎに霞をだした。この霞は後鳥羽上皇の歌のなかにある。

見渡せば山本霞むみなせ川　夕は秋と何思ひけむ

山本かすむ、と詠めば、水無瀬であることがわかるしかけになっている。私のおどろきはひろがるばかりであった。

三《みつ》柏《がしわ》紋《もん》

たぶん私は夏目漱石作品にたいして、良い読者ではない。そういううしろめたさがあるため、いまごろになって漱石作品を読みかえすことがあるのだが、へんてつもないところに目をとどめてしまう。たとえば『硝子戸《ガラスど》の中《うち》』に、こういう文章がある。

女は約束の時間を違《たが》えず来た。三《み》つ柏《がしわ》の紋のついた派出《はで》な色の縮《ちり》緬《めん》の羽織《はおり》を着ているのが、一番先に私の眼に映った。

この女性は、漱石に身の上ばなしをして、それを小説にしてもらいたいために訪問したのである。が、それはさておき、

——この女性の旧姓は、牧野かな。

と、私がおもったのは、私が三河人だからであろう。私は家紋にくわしいわけではないが、日本の戦国時代の三河を小説の舞台にするために、どうしても家紋について学ばねばならぬときがあった。東三河の豪族のひとつが牧野家であり、その家は三柏紋であった。ただし尾張あるいは土佐の人であれば、三柏紋ときけば、

「それは山内家の紋だ」

と、いうにちがいない。三柏紋は、牧野家と山内家だけが用いていているわけではないとわかっていても、つい三柏紋を牧野家とむすびつけてしまうのは、三河人の悪癖である。

――あの牧野家が、越後長岡七万四千石か。

あの、といってしまったが、ここには侮蔑《ぶべつ》よりも驚嘆《きょうたん》のほうが大きくふくまれていると想《おも》ってもらいたい。愛知県の地図をもっている人がいれば、説明しやすいが、とにかく東三河には、豊橋《とよはし》市、豊川《とよかわ》市、田原《たはら》市、新城《しんしろ》市、蒲郡《がまごおり》市があり、そのなかの豊川市内の東部に牧野町がある。そこが、牧野家発祥の地である。

私は小説に登場させた族だけではなく、関心のある族の城館址《し》をたしかめるべく、画家の原田維夫《つなお》さんや新潮社の編集諸氏とともに古城址めぐりをおこなった。その際、牧野家にかかわりのあった城の址《あと》もみたのだが、牧野町には行かなかった。西三河にあって勢力をつちかった松平家が、東三河に勢力を拡大してゆく過程において、牧野家の向背《こうはい》は、転轍機《てんてつき》にひとしかったといえるが、家康の祖父（清康《きよやす》）の時代に、牧野家の諸城のなかに牧野町にあった古城の名がなかったので、古城址めぐりではぶいてしまった。それから数年が経《た》ったころ、牧野城址の存在に気づいた。

ある文献には、その城址の保存状態について、

「一部残存」

と、あった。私はおどろいて、その文献をよく読んでみた。牧野城を最初に築いたのは、田口伝蔵左衛門成富《しげとみ》である。この人が牧野家の

鼻祖《びそ》である。牧野城があったのは、応永《おうえい》年間（一三九四〜一四二八年）から永正《えいしょう》二年（一五〇五年）までである。すると、当然のことながら、築城は応永年間におこなわれた。

——応永年間といえば、足利将軍は、義持《よしもち》か。

室町時代の中期にさしかかったころである。当時の城館は、四面に土塁《どるい》を建てた形が多い。その一部が残っているとなれば、みておかねばならない、と身も心も躍《おど》り、さっそくわが家の小さな自動車に妻を乗せて出発した。私が住んでいる浜松市北区は愛知県に接しているので、牧野町までは遠くない。

——すぐにみつけることができる。

そんな気分で、豊川《とよがわ》を越えた。ちなみに市の名はトヨカワだが、川の名はトヨガワである。東三河最大の川である。

牧野町にはいると、ゆっくりと町内をまわった。が、二回まわっても、城址を発見できなかった。もう一回、という妻の声にはげまされて、みなれてきた道に車をすすめ、道の左右に畑しかないところで、あったわ、と妻が叫んだ。たしかに土塁があった。なにげなく在ったというべきか。私はなぜか強烈に感動した。ここに初期の牧野家があったのだ。そのときの感動がいまもつづいている。

吉良《きら》家の臣

さきに信楽《しがらき》焼に関心をもつきっかけについて書いた。以後、私は陶磁器を知りたくてたまらなくなり、関連の書を読みあさり、妻をともなって各地の窯《かま》をたずねた。

愛知県は陶磁器に関してめぐまれたところで、瀬戸《せと》と常滑《とこなめ》という古窯《こよう》をもっている。しかも美濃《みの》焼の産地である多治見《たじみ》や土岐《とき》（いずれも岐阜県）は、瀬戸から遠くない。

やがて私は常滑へよくゆくようになった。

信楽も壺《つぼ》で有名なところであるが、常滑の古い壺の勁《つよ》さと優美さにいたく感動した。私がもっとも好きな壺は、常滑の陶芸研究所にいくつか展示されている。それらが、私にとって日本一の壺である。

蒲郡《がまごおり》市をでて西へむかうと、ほどなく吉良《きら》町にはいる。のちに常滑市に中部国際空港ができたため、常滑へむかう新しい道路が造られたが、私がかようころは、幅のせまい、高低差の大きい、まっすぐではない道しかなかった。

吉良町にはいるとすぐに目につく看板があった。

「清水一学《いちがく》の墓」

その看板をみるたびに、私はせつなさをおぼえた。だが、いちどもその墓のある寺に立ち寄って参詣《さんけい》したことはなく、やがて私は作家として立った。ところが、おもいもよらず、私は歴史小説をてがけることになり、取材を兼ねて、各社の編集諸氏とともに吉良町をめぐることとなった。新潮社、文藝春秋、講談社の諸氏は、それぞれ吉良の文物と人物に関心を示してくれたが、文藝春秋の諸氏とめぐったとき、

「清水一学の墓へゆきましょう」

ということになった。ところが、いざその墓をめざすとなると、道に少々迷い、ようやく円融寺《えんゆう》にたどりついた。昔みた看板は、もうなかった。墓地はたいらではなく、傾斜地にあり、私は生まれてはじめて清水一学の墓に詣《もう》でた。これによって、心のひっかかりがひとつとれた。

しかしながら、

「清水一学だけでなく、吉良家の臣はどのように戦って死んだのだろうか」

という気がかりは残ったままであった。

私は戦国時代の吉良氏をとりあつかったものの、あえて近世の吉良氏を関心の外に置いた。ゆえに元禄《げんろく》事件の吉良上野介《こうずけのすけ》と家臣について、まともに調べたことはなかった。そのまま歳月が経《た》ったが、あるとき「吉良町史」の版が更新されたことを知り、さっそくそれを購入した。

それを読んで、またせつなさをおぼえた。吉良上野介義央《よしひさ》の家臣たちも懸命に戦ったことが、よりあきらかになっていたからである。

清水一学についていえば、かれは中小姓であり、亡《な》くなったとき、二十五歳であった。十五歳のときに義央にめでられて、江戸へ随行し、近習《きんじゅう》となった。もともと武門の出ではない。兄は藤兵衛《とうべえ》といい、吉良の農民である。一学（幼名は藤作《とうさく》）は義央にみいだされる前後に、剣術を習いはじめたにちがいない。赤穂浪士に斬り込まれたとき、応戦し、台所口で斃《たお》れた。疵《きず》は三か所であった。

それよりもおどろいたのは、小林平八郎についてである。まず、この人は巷間《こうかん》でいわれる上杉家の臣ではなく、吉良家の家老である。名は、

「央道《ひさみち》」

と、いう。央は義央の一字であるから、かれは主君から偏諱《へんき》をたまわったとおもわれる。死んだところは、長屋で、疵は十八か所もあっ

た。そうとうに奮戦したであろうことはわかる。もしかしたらこの人の戦いぶりと清水一学のそれとが、後世、いれかわったかもしれない。

なお、小林平八郎の女《むすめ》が、画家・葛飾北斎《かつしかほくさい》の母である、という説がある。

水泳 I

私が生まれた愛知県蒲郡《がまごおり》市三谷《みや》町は、市が成立するまえは、宝飯《ほい》郡に属していた。小学生のころ、住所に宝飯郡と書くのは、画数が多くて、いやであった。しかしながら、いま考えてみると、たぶん戦前は、宝の文字を、

「寶」

と、書き、飯という文字も、

「飯」

と、書いていたであろうから、さらに画数が多く、私のようにものぐさな子どもにとっては苦痛であったにちがいない。

三谷町は海に臨《のぞ》んでいる。私が幼いころ、この町は漁業と繊維《せんい》と観光の町であった。よけいなことかもしれないが、小さな町のくせに、町内を、

「区」

という呼称で分けていた。私が生まれたのは、中区であり、大人たちは、中浜《なかはま》、とも呼んでいた。生家である旅館は、おもに海から帰ってくる漁師たちを客としていたようである。しかしながら母は、その旅館をたたんで、ひっそりと東へ移り住んだ。中区から松区へ転居し

たのである。隣家から、よく三味線の音がながれてきた。隣家は置屋《おきや》であったにちがいない。おなじ町内を移動したにすぎないのに、私は急に友だちがすくなくなった。近くに写真館があり、そこの息子であるEさんは、私よりはるかに年齢が上であったが、たまに遊んでくれた。小学生である私の目から、Eさんは、遊び人、にみえた。

ある年の夏に、Eさんたちと海辺にでたとき、

「泳げるようになりたい」

と、私はいった。三谷町に生まれた男子は、かならず水泳ができなければならない。中学生になると、沖の大島（三河大島）まで遠泳《えんえい》があることはわかっていた。

「そうか。では、泳げるようにしてやろう」

Eさんは友人とボートを借り、私も乗せて、漕《こ》ぎだした。水の深さを目測したEさんは、友人に目配《めくば》せをしたのだろう、ふたりで私をもちあげると、

「そら、泳いでみな」

と、抛《ほう》り投げた。手荒い教えかたである。私は落下しながら、

――こういうことか。

と、いちおう理解した。それから手足をばたつかせ、水を飲み、もがいた。だが、沈まなかった。なんとか浮きつづけることができた。

やがてEさんは、

「どうだ、泳げたろう」

と、笑いながらいい、私をボートにひきあげた。

たしかに私はその日からなんとか泳げるようになった。ただし正しい泳ぎかたを知らなかった。それでも水中にもぐって、目をあけて、魚をみることができるまでになった。

わが家から遠くないところに、母の友人である酒井さんがいとなんでいる貴船《きぶね》という置屋があった。

私はたまにその家に遊びに行った。すると酒井さんが、

「中京の生徒が海水浴にくるんだよ。あなたも、大島につれていってもらいいな」

と、いった。中京とは、高校の名である。

夏休みを利用して貴船にくるのは、中山という有名なピッチャーであるとのことであった。高校生なのに有名とは、おかしい、とおもっ

たが、私はその勧《すす》めに素直に従って、三人の高校生につれられて、船で大島へ行った。たぶん私は手のかからない小学生であったにちがいない。かれらは私を放っておいた。夕方になると、船でもどっただけである。往復のあいだ、ひとことも話さなかったはずはないのに、私にはひとつも濃厚な記憶がない。が、その三人のなかのひとりが、中山という投手であったことは忘れがたくなった。のちにかれは中日ドラゴンズに入団して、エースとなり、昭和三十九年（一九六四年）に、巨人相手にノーヒットノーランを達成した。すなわち、中山とは、中山俊丈《としたけ》さんであった。

中山さんと貴船との関係は、いまだにわからない。

水泳 II

小学六年生のときに、わが家がすこしさわがしくなった。

「三谷《みや》町内のどこかで温泉を掘りあてた」

そのうわさをきいた。しかしそのうわさが、わが家にかかわりがあるとはおもわなかったので、ききながした。ところが母は、

「山へ引っ越すのよ」

と、私にいった。三谷町で、山といえば、乃木《のぎ》山と弘法《こうぼう》山それに砥《と》

神山《がみ》がよく知られている。ただし弘法山と砥神山はそのままの山名で呼ばれ、ただたんに山といえば、乃木山を指すのが三谷町内の常識である。乃木希典《まれすけ》の像が立てられている山である。

その山に温泉街がつくられる予定なので、母はそこで土産物店をひらくという。わが家はにわかにあわただしくなった。やがて山と家とを往復するようになった。小学六年生の終わりころには、ほぼ、山の上の家に住むようになったが、正式な引っ越しは中学一年生になってから、というのが私の記憶である。

新築の二階建ての家は、当時、めずらしい水洗トイレをそなえていた。また誕生したばかりの温泉街にある旅館も、規模は小さく、建物は低かった。そのためわが家の二階から三河湾をみわたせた。これは絶景といってよく、夕方、黄金色《こがね》に輝く海は、時のたつのを忘れさせるほど美しかった。そういう美しさに慣《な》れてくると、夕方ではなく、昼間、浅葱《あさぎ》色になる海が好きになった。青のなかでも、この色になる海は、三河湾だけではないか、と、おもったりした。

海辺はわが家から近かった。夏には、よく独《ひと》りで泳ぎに行った。いうまでもなく、当時、市内の中学校には、ひとつのプールもなかった。海で泳ぐしかなかったのである。

ある日、浜辺へおりてゆくと、沖にクルーザーがみえた。停《と》まっているクルーザーで、なかに人はいそうもない。

――あそこまで一キロある。

そう目で測《はか》ったが、実際は、数百メートルの距離であったかもしれない。スタミナに自信のある私は、意を決して、泳ぎはじめた。私はクロールができない。平泳ぎのような、横泳ぎのような、変なかっこうの泳ぎである。

とにかくクルーザーまでは遠かった。それでも泳ぎきって、クルーザーの上にのぼった。よい気分というわけではなく、疲れをとるために、ただぼんやりしていた。

するとモーターボートが急速に近づいてきて、操縦《そうじゅう》している男が、

「いたずらをするなよ」

と、私を威嚇《いかく》するようにいって、去った。このクルーザーを所有しているのは、温泉街のなかでは最大の旅館であり、その旅館の従業員が、無人であるはずのクルーザーに人影があることを発見したのであ

ろう。

落ちつかなくなった私は、帰ろうとしたが、遠い浜辺をみて、恐怖をおぼえた。帰り着くことに自信がなくなった。モーターボートの人に助けを求めればよかった、と後悔した。海で泳いでいる人はほとんどおらず、ひとつのボートも浮かんでいない。

――独力で帰るしかない。

ついに私はクルーザーをあとにした。恐怖で手足がこわばりそうになった。それでも泳いだ。全身に疲れをおぼえても、浜辺は近づいてこない。海は遠浅《とおあさ》のはずだ、とおもった私は、泳ぐのをやめて立とうとした。その瞬間、からだが沈み、水を飲んだ。目がくらみそうになった私は、泳ぎに、泳いで、ふと気づくと、足が砂にさわっていた。

たすかった、とおもうと同時に、

——海は懲《こ》りた。

と、痛感した。さいわいなことに、私が中学三年生になったとき、大島までの遠泳という行事はなくなっていた。

蒲郡市内の中学校で最初にプールをもったのは、蒲郡中学校である。その学校の卒業生である妻は、プール開きに、兵藤秀子さんがきて、泳いでくれたのよ、と自慢する。兵藤秀子さんとは、ベルリン・オリンピックで金メダルをとった前畑秀子さんである。うらやましいというほかない。

世界最短文学全集　ハムレット

文学作品の冒頭の文には、その作品の真髄《しんずい》が秘められている、と私は信じている。

それゆえ、冒頭の文さえ読めば、その作品がわかる、という考えかたもできるので、私とおなじ考えをもつ該博《がいはく》な文学者が、冒頭の文だけをならべて世界最短の文学全集を編《あ》んでくれないか、と思ってきた。

しかしながら、いまだにそういう全集はあらわれない。

――では、私が……。

などという、おこがましさも、勇気も、私にはない。だいいち私は世界の文学作品にたいして好き嫌いが烈《はげ》しすぎる。つまり広い視野をもてず、管見《かんけん》しか有しないことは、わかりきっている。

クラシック音楽を聴く場合でも、まず有名な作品を避けるという癖《へき》があり、この癖は、文学作品を読むことにおいても生きており、私は多くの人が読み、知っている名作からはいらなかった。私は大学では英文科の学生であったが、当時、ヘミングウェイ、フォークナー、スタインベックあるいはサリンジャーなど、アメリカの作家の作品がもてはやされる風潮があった。当然のことながら、私はその風潮に背をむけた。が、イギリスの作家に魅力を感じなかった。それゆえふたたびアメリカに目をむけた。

ようやくひとりの詩人に惹《ひ》かれた。

「アメリカのランボオ」

と、呼ばれたハート・クレインである。この鬼才は、三十二歳のとき、航海中の船から投身自殺をして、カリブ海に消えた。しかしかれについていてしらべるには、資料がすくなすぎると判断した私は、究敷《きゅうかく》をあきらめた。

こうなると、いっそシェイクスピアを読みたい、とおもった。しかしながら大学では、シェイクスピア作品は一作もテキストとして与えられなかった。かわりに与えられたのは、シェイクスピアと同時代の劇作家の作品で、その英語のむずかしさに辟易《へきえき》した。辞書を引いてもみつけられない単語（中世英語）の連続を、どう訳したらよいのか、わからないまま教室にでると、多くの女学生がすらすらと読み、訳してゆくので、私は啞然《あぜん》とせざるをえなかった。その光景は、いまだに脳裡《のうり》から消えない。

そういうやな衝撃があったので、私がシェイクスピア作品の翻訳本を手にとったのは、三十歳をすぎてからである。訳文と原文をみくらべてみたくなったのは、四十代の後半で、『ハムレット』が最初であった。原文のなかで、「To be, or not to be をふくむ、もっとも有名な数行を暗誦《あんしょう》してみたところ、たいそう気分がよかった。英文のリズムがよい、ということであろう。

この数行は、人がこの世を生きる過程においてかならず遭遇する困難に直面した場合に発する、根元的な問いかけをふくんでいる。To be, or not to be の数行あとにある To die: to sleep（死ぬことは、眠ることなのだ）は、ほんとうに苦しんだ者にしかわからぬ悲しさが秘匿《ひとく》されている。

さて、この劇は、主要な登場人物がすべて死ぬ、という陰惨《いんさん》なものである。主人公であるデンマーク王子のハムレットをはじめ、デンマーク王であった父を毒殺して王位に即《つ》いた叔父のクローディアス、父を裏切って叔父の后《きさき》となった母のガートルード、宰相《さいしょう》のポローニアス、その息子のレアティーズ、さらにハムレットの恋人であるオフェリアが、死ぬ、という悲劇である。

ただしシェイクスピアは、死ぬことは眠ることであるといったもの

の、存在しなくなること、とはいっていない。そこで、私はあえて、
To be, or not to be: that is the question: を、
「存在するか、存在しないか、それが問題だ」
と、訳してみた。これがこの劇のテーマであるとすれば、劇の冒頭の一行はどうなっているか。

――Who's there?

「誰だ、そこにいるのは」と訳してはおしまいである。当然、「誰がそこに存在しているか」と訳すべきであろう。

十二分間のドライブ

自動車の運転免許を取得したのは、大学生のころである。

しかし、それから結婚するまでは、ペーパードライバーであった。

最初に買ったのは、軽自動車で、この車は大活躍してくれた。まえに述べたように、実家は土産物店である。陶器の仕入れのために、常《とこ》滑《なめ》に行き、多治見《たじみ》にも行ったのは、この車である。蒲郡《がまごおり》から多治見までは遠かった。瀬戸をすぎると、トラックが多かった、という記憶がである。たぶん陶土《とうど》をはこんでいたトラックである。道も、白い埃《ほこり》が立ち、殺風景であった。それにひきかえ、常滑までの道は、楽しかった。

いまも浜松から常滑へは軽自動車でゆくが、助手席の家内は、

「寺津《てらづ》を通りましょうよ」

と、いう。新しい道路がつくられたため、旧道を通らなくなってしまったが、寺津の道がなつかしい、と家内は感じているらしい。

かつて蒲郡をでて、幡豆《はず》を通り、吉良《きら》をぬけ、一色《いっしき》をすぎると、寺津に近づいた。この町は、古い港町のにおいがした。なんとも佳《よ》いふんいきであった。

それだけではなく、私の脳裡《のうり》には、つねに子母沢寛の『駿河遊侠《するがゆうきょう》伝《でん》』があった。清水の次郎長の一代記である。私はこの小説の熱烈な

愛読者であり、いまでもこの講談社文庫は私の宝である。駆《か》け出《だ》しの次郎長が駿河をでて、遠江《とおとうみ》から三河へながれてゆく。岡崎から南へ道をとって、寺津の治助《じすけ》親分のもとで草鞋《わらじ》をぬぐ。子母沢寛の想像の目で視《み》た当時の寺津はこうである。

寺津の波の音はいつも静かだ。
向い側の海上一里、知多の岬《みさき》の青い山々が手にとるように連《つらな》って、その背を越えて大空を鳥の群れが飛んで行くのさえよく見えた。

次郎長は、ここ寺津で、治助親分に目をかけられて男をあげてゆく。
その過程がたまらなく爽快《そうかい》でいとしい。こういう気分にさせてくれる小説は、めったにあるものではない。寺津が次郎長をはぐくんだといっても過言ではない。

自動車で通っただけでも、寺津には温《あたた》かいなにかがある、と感じる。ところが、やがて私は直木賞にまとう喧騒《けんそう》からのがれるように蒲郡を脱出して、名古屋に居を移した。名古屋は自動車の街といってよい。道路は三河にはない広さをもち、そこを走る自動車の速さも尋常ではない。そのころ私は普通乗用車をもっていたが、すこし近くの道路を走ってみて、予想以上のめまぐるしさに遭遇したせいか、気分が悪くなった。以後、その自動車に乗らなくなったが、

「自動車は動かさないと――」

と、家内はいい、交通量のすくない日曜日になると、家内自身がそ

れに乗り、ひとまわりするようになった。そういう状態をつづけていても、むだなので、ついにその自動車を手放した。自動車をもたないかたちで、名古屋に五年間住んだのである。

名古屋から浜名湖北岸の町に転居するまえに、ふたたび自動車を買った。が、片側一車線しかない道路がすべての町で生活するには、軽自動車が最適であることがわかり、いま私と家内はそれぞれ軽自動車に乗っている。

昼間、仕事が早くかたづいたとき、私は夕方の浜名湖をながめるべく、独《ひと》りで軽自動車を走らせることがある。至福のドライブといってよい。蒲郡とちがって、水辺の道に堤防がないので、湖をみわたせるばかりか、波の音さえきこえる。窓をあけておけば、潮のにおいもかぐことができる。湖につきでた桟橋《さんばし》に老人、あるいは若い女性などがいれば、それらが影となり、水の橙《だいだい》色のきらめきに揺《ゆ》らいでいるさまは、フランス映画の一シーンのようである。そういう光景のなかに軽自動車を走らせて、かえってくると、だいたい十二分かかることがわかった。美しい十二分間である。

京都と私

私は自分の先祖について調べたことはない。

――どうせ手がかりはない。

と、あきらめているからである。わが家には家系図は存在しない。わが家は宮城谷一族の分家のひとつで、本家は愛知県豊川《とよかわ》市の国府《こう》町にある。家紋は三階松《さんがいまつ》である。ただしあかぬけないデザインなので、自分なりのデザインの三階松に変えたい気持ちがある。

かつて司馬遼太郎さんと対話した際に、

「宮城谷さんは、もとはミヤギヤといったのではないか。それは屋号で、丸谷《まるや》（才一《さいいち》）さんもそうやった」

と、いわれた。もしもそれが正しければ、ミヤギタニをいくらさがしてもむだである。屋号は古い時代の氏姓ではない。

いちど、

「先祖は、聖護院《しょうごいん》からきた」

という怪《あや》しい伝承を仄聞《そくぶん》したことがある。聖護院は京都の寺名で、この寺は修験者《しゅげんじゃ》の本拠である。たとえばあるとき、聖護院の修験者のひとりが、三河国に赴任《ふにん》する国司《こくし》に随従《ずいじゅう》してきたとする。三河の国府はいうまでもなくいまの国府町にあったのであろう。国司が任期をおえて京都に帰還しても、その修験者は還《かえ》らず、土着した、とすれば、おそらくそれが先祖であろうが、それは私のかってな想像にすぎない。私が京都好きであるのは、そのこととは無関係であろうとおもっているが、とにかく京都へはよく行く。京都がもつふしぎな力を感じてから、観光はやめて、寺社に詣《もう》でるようになった。最初に感じたふしぎな力については、いちどエッセーとして書いたので、くりかえしたくないが、そのエッセーを読んでいない人のためにいえば、こうである。

蒲郡《がまごおり》に住んでいたころ、のどに異状をおぼえて、医院に通った。しかし、のどになにかがひっかかっているような感じは消えず、毎日が暗くなった。やがて私はひとつのことを知った。医者にみはなされたような病人を山が治癒《ちゆ》してくれることを、である。高山にはそういう力があるらしい。それからほどなく京都旅行が計画された。私は家内に、

「高いところにある寺へ行きたいが……」

と、いってみた。すると家内は、

「高山寺《こうざん》がいいわ」

と、即答した。ききおぼえのある寺名だとおもったが、なんのことはない、鳥羽僧正《とばそうじよう》の「鳥獣戯画《ちようじゆうぎが》」で有名な寺である。ただし、地図をみると、高山寺は京都駅からずいぶん遠い。栂尾《とがのお》という地にあり、バスでゆくとすれば、そこが終点であった。

「よし、高山寺へゆこう」

その寺がどれほど高い山にあっても、私は登りきる気で、京都へゆき、バスに乗った。途中の風景はおもいのほか美しかった。東山魁夷《かいい》が描くような北山杉のあいだの道を通ってゆくのである。その道をこまかな明暗にみせるこもれびが心に染《し》みてきた。終点でバスをおりると、そこは渓谷《けいこく》に臨《のぞ》む地で、高山寺への登り口はすぐであった。道しるべに従って、山を登りはじめた。途中で、これからどれほど登るのだろう、といちど足を停《と》めて、目をあげた。すると、石水院《せきすい》の案内板が視界にはいった。

——えっ、こんなに近いのか。

石水院は高山寺内の建物で、国宝である。私は気組みがはずされた。実際のところ、石水院はそれほど低い位置にあるわけではないが、私の予想よりずいぶん低かった。石水院のなかにはいって、明るい縁側にすわった。いきなり渓谷をへだてた山が視界を占めた。

——こんなに美しい山容《さんよう》があるのか。

優雅な赤松が多いこの風景は、私にとって絶景であった。京都では、どこへゆくより、この風景を観《み》るために石水院にきたほうがよい。私はたぶん三十分間は、動かず、むかいの山に見惚《みほ》れていた。ここからまっすぐ帰途についた。ほどなくのどのひっかかりが消えた。この嬉《うれ》しさは名状しがたい。以後、体調が悪くなるたびに石水院へ往った。帰宅すれば、回復した。私だけがそうなるのか、どうかは、知りようがない。

最近の京都旅行Ｉ　お土居《どい》

京都での観光旅行をしつくしたわけではないが、ここ数年は、名所とよばれるところへはまったくゆかなくなった。ただし、史跡にはあいかわらず関心がある。

天正《てんしょう》十九年（一五九一年）、天下人となった秀吉は、京都を土壁で囲む、という発想を実現に移した。それは秀吉の独創ではなく、すでに古代の中国では、邑《ゆう》を牆壁《しょうへき》で囲む、ということがおこなわれていた。邑は、春秋時代までは、クニ、と訓《よ》まれ、戦国時代からは、マチ、と読まれ、さらに時代が下ると、ムラ、となった。牆壁で囲まれた邑のなかに、君主が住む区域があり、それが城である。民が住む区域を郭《かく》という。城と郭を合わせて邑となる。日本の城郭とは意味あいがちがう。

邑には城門と郭門があった。秀吉もその土壁に十の出入り口を設けた。俗に京都七口といわれるが、実際には十口あったと想《おも》うべきである。それらはすべて郭門にあたる。

さて、その土壁のことを、京都の人々は、

「お土居《どい》」

と、呼んだ。お土居は、徳川の時代になると、徐々に消滅していった。が、完全に消滅したわけではなく、じつは現代まで残存しているお土居があるのである。私はそれをみたくなり、すこし調べてみた。京都市北区には史跡指定されたお土居がかなりある。北区が遠いとはおもわなかったが、もっとたやすくみられるところは、どこか、とさらに調べてみると、上京区の、

「廬山寺《ろざん》」

にあることがわかった。

――廬山寺といえば……。

そのあたりに紫式部が住んでいたといわれる。だが、『源氏物語』が苦手な私は、紫式部にさほど関心がない。

京都駅に着くと、タクシーに乗った。

京都のタクシー運転手には物知り顔の人が多い。乗車した客が、観光客かどうかをさぐり、観光客であるとわかると、蘊蓄《うんちく》をこだしに語りはじめる。それに感心しても、反駁《はんばく》しても、かれの世界にひきずりこまれる。ついにはかれの好みの観光地をめぐらされる。たびたびそういう目にあってきたので、私は、

「廬山寺へ――」

と、ゆく先を告げたあと、黙りこくった。はたして運転手は語りたがっている表情をした。

――残念でした。私の関心は、紫式部にはない。

内心、嗤《わら》ったが、こうも考えた。この運転手が中国の廬山を知っていて正確に語ってくれるのなら、拝聴するのに……。ただしこの問い

かけは、かなりの危険をはらんでいるので、やめた。

廬山寺が近くなると、運転手に訊《き》かれた。

「何を、みにゆかれるのですか」

「お土居」

「へえ、お土居ですか。あそこ、入れたかなあ」

と、運転手はぶきみなことを口にした。そのお土居がみられないとなると、ほかのお土居へまわらなければならず、そうこうしているうちに、運転手の術中にはまりそうで、嫌な気がした。

とにかくタクシーをおりた私は、境内にはいってまごついた。清掃のゆきとどいた境内にお土居らしき物はどこにもない。だが、脳裡《のうり》にひらめきがあった。

——墓地だ。

人に踏み荒されない地は、そこしかない。足をいそがせた私は墓地をみつけた。広大な墓地である。かなたに案内板らしき物がみえた。

「あれだ」

はたして、それがお土居であった。黒々とした土壁はかなりの高さを保っていた。昔は五メートル以上もあったらしい。が、いまはそこまでの高さはないとみえたものの、私を感動させるに充分な高さであった。この長大な壁を、秀吉はたった四か月間で、めぐらし竣《お》えたのである。権力者の絶大な力を、お土居はまざまざと感じさせてくれた。

最近の京都旅行Ⅱ　吉田兼好の墓

大学の受験のために、吉田兼好の『徒然草《つれづれぐさ》』を半分ほど読んだ、という記憶がある。

大学卒業後に、あらためて通読をこころみたが、はたして巻末まで読了したか、どうか、よくおぼえていない。いまは、この書物を読み返していないくせに、

──『徒然草』こそ、日本の随筆集のなかで最高の作品だ。

と、断定するようになった。

私は中国の歴史小説を書くようになってから、ながいあいだ、座右《ざゆう》に明《みん》の呂坤《りよこん》の『呻吟語《しんぎんご》』を置いていた。日本人はおなじく明の洪自誠《こうじせい》の『菜根譚《さいこんたん》』を好むが、これらは随筆集というより、清言《せいげん》集であり、教訓にみちている。これらの著者は、これを読んで自分で考えなさい、というのではなく、こう考えてこう生きなさい、とはっきり指示している。その指示のしかたが、洪自誠より呂坤のほうが厳切《げんせつ》である。

小説家としてなんとか立った私は、実生活がかならず小説に反映されると想《おも》い、油断《ゆだん》が小説の油断となる、と恐れたため、『呻吟語』によって自分をいましめつづけたのである。文学的才能が衍溢《えんいつ》している者にとって、私のおびえは笑止《しょうし》にうつるであろうが、自分にひとかけらの文学的才能もないと自覚している私にとっては、油断のない努力しか頼るものがなかった、といえる。六十代の後半になって、ようやく『呻吟語』を座右から遠ざけたが、呂坤に鍛《きた》えられたという実感は失っていない。

呂坤や洪自誠などの著作にくらべて、吉田兼好の『徒然草』はやわらかい。ただし芯《しん》のないやわらかさではないので、しなやかであるといったほうがよいであろう。日本の随筆集で、『徒然草』とともに双《そう》璧《へき》といわれる清少納言の『枕草子』にも、そこはかとない奥ゆきがある。たとえば、

——春はあけぼの。

と、あれば、それは、

「中国には、春宵《しゅんしょう》を賛述《さんじゅつ》する詩がありますが、私は、春は曙《あけぼの》がいちばん美しいとおもわれるのです。あなたは、どうお考えになりますか」

と、読者に問うているようにとれる。つまり、そこにある春の曙は、中国の春の宵《よい》との対比として表現されたもので、清少納言の単なる感想ではない。

吉田兼好の『徒然草』は、さらに陰翳《いんえい》が深くなる。それは時代的陰翳ともいえるし、かれの思想と生活環境によるとも考えられる。とにかく、兼好法師ともよばれるかれは、俗世《ぞくせ》に片足をいれていて、その姿勢が、紅塵《こうじん》のとどかない宮中生活者よりも親しみやすい。

仁和《にんな》寺の法師が石清水八幡宮《いわしみずはちまんぐう》に詣《もう》でた際に、山麓《さんろく》の社寺を本宮《ほんぐう》とま

ちがえ、山に登らずに帰ってきたあと、

――すこしのことにも、先達《せんだつ》はあらまほしき事なり。

と、兼好法師は述懐する。ここにある認識は、ユーモアにくるまれているようである。むしろ認識が深まって透徹《とうてつ》するようになると、そこからユーモアが生ずる。その端的な例がこれであるといってよい。

さて、吉田兼好の墓が京都の双《ならび》ヶ岡《おか》にあると知って、そこまでタクシーをつかって行った。墓があるのは長泉寺《ちょうせん》内である。『徒然草』に仁和寺がよくでてくるが、はたしてその寺の位置は仁和寺の南といってよかった。門は引き戸で閉じられていた。車のなかでそれをみて、どうしようか、と逡巡《しゅんじゅん》した。すると、戸をあけて、人がでてきた。その人は墓地からもどってきたというかっこうであった。

――墓参《ぼさん》であれば、あらかじめ寺にことわらなくてよさそうだ。

そうおもった私は、車からおりて、おもいきって戸をあけた。ただしこれが長泉寺への非礼になったのであれば、ここで詫《わ》びるしかない。

墓はすぐにみつかった。墓石は高くなく、台形をしていた。その居《い》丈高《たけだか》ではない感じがよかった。先達がいなくても、ここには詣でることができた、とほっとした。

公園考

落ち葉の褐色を沈めるほど濃い翳《かげ》を木立がなげかけている。その木立の稠密《ちゅうみつ》さをぬけてきたはずの陽光は、どこか梢《こずえ》の葉にさえぎられているのか、やはり淡い光で、ちょうど割れたガラスをおいたような形を、私たちの足もとにつくっている。

私たち三人はそれらの脆《もろ》い光を踏むのをさけながら、ゆっくりと声のするほうへ降りてゆく。声は子どもたちのもので、私たちは徐々にゆるやかな傾斜をくだって、その声に近づいてゆく。

光と翳とを突っ切って、自転車が疾走している。傾斜地は手の甲をあわせたような形をしており、ふたつの高みのあいだは窪《くぼ》になっていて、そこには当然落ち葉が流れ落ちて、深い溜《た》まりをつくっている。自転車は高みから、その溜まりにむかって、急速に落下するように走り、また非常な速さで、むこう側の高みに走りのぼる。そういう降下と上昇をくりかえしている自転車が数台あり、自転車を走らせている子どもたちの顔が、ほの暗さのなかで、点滅している。

窪から落ち葉をまきあげて走りのぼってきた一台の自転車があって、そのタイヤが、私のズボンにさわってとまった。

私のすぐ前を歩く彼女は、小さな声をあげて私を気づかったが、私はなにげないふうにその自転車をさけて、さらに下へむかって歩いてゆく。まもなく、木立の翳は切れて、三人は青空の下に立たされる。公園の休憩所なのであろうか、多くの旗の近くににぎわいがみえる。それは遠い彩《いろどり》である。

池にかかっている木の橋をわたりながら、ふりかえると、私たちが降りてきた傾斜地は、黒々とした小さな丘である。太陽はそのむこうにあり、私たちは木の橋をわたりおわるまえに、陽光にさらされた。池のほとりにめぐらされた木製の道をしばらく歩くと、彼は池の対岸をゆびさして、

「あれらは、こぶしの木です。春には、なかなかみごとなものですよ」

と、いう。彼のゆびさす方に、褐色の裸木が立ちならんでいる。私はそれらの木にいっせいに白い花がつく春を想像した。池のまわりに人が多く、ベンチで歓談する人びと、木々のあいだを走りまわる子どもたち、魚を釣っている子どもたち、あるいは絵を描いている人びとなど、ほとんどがこもれびのなかの光景である。水鳥の群れがみえる。餌《えさ》が投げこまれると、水鳥たちは争うように右往左往している。

彼はまたいう。

「この木を知っていますか。この木は、セコイアといって、――」

「ああ、知っていますよ。ただし、写真だけです。アメリカにセコイア国立公園がありますね。あまりの大木なので、木をくりぬいて、自動車を通れるようにした……」

「それなんですが、ここでは、木の間隔がせますぎる。いまにこの道は木でふさがれて通れなくなるし、ここはセコイア公園と名が変わりますよ」

私はセコイアの木の幹と葉にさわってみる。杉の一種だとおもわせる葉の形だが、感触はなめらかで、幹もそうである。杉のそれのけわしさはない。すらりとして大きく、やはりこれはアメリカの木だ。

私たちはさらに池のほとりを歩いた。

平成二年（一九九〇年）十一月十一日（日曜日）の石神井《しゃくじい》公園を点描してみた。

二十年前に私はこの公園に独《ひと》りでやってきた。そこには冬枯れの色しかなく、歩く人はわずかだった。それをおもうと、その日は、目もさめるような華やかなにぎわいに満ちていた。

――なんのために、人々は公園へくるのか。

そんなことをおもいながら、出口のほうへ歩いてゆくと、公園を臨《のぞ》むように洋風な家が立ちならんでいた。公園のみえるアパルトマン……、私はすぐにソレルスの『公園』を憶《おも》い出した。こういう家に住めば、フランス風のしゃれた小説が書けるかもしれない、と羨《うらや》ましくなって、しばらくながめていた。私はつぶやく。

――地下にあるこの長椅子、そこを海にむかって走る電車が通りすぎていった。（『公園』）

ソレルスにとって公園は創作空間の象徴であった。さまざまな国籍と表情と目的とをもった人々が寄り集まる場、それが公園であるならば、それはとりもなおさず、ことばの集まる場、つまり原稿用紙なのである。人々が公園から去れば、原稿用紙は罫線《けいせん》だけが残る白紙にもどるのである。

東京の日曜日の午後を公園ですごしている人々の美しい表情をみて、また石神井公園の今昔を考えてみると、文学も変わるんだな、とおもった。

新庄嘉章《しんじょうよしあきら》先生のこと

たれかが創《つく》った笑い話であろうが、こんなものがある。

ある生徒が、どういうわけか、大学の仏文科に入りたくて、受験したところ、筆記試験に合格した。つぎに面接試験がある。面接のさなかに、仏文の教授から、

「君の好きなフランスの作家はだれかね」

と、質問された。ところがその生徒はフランスの作家の名をさっぱ

り知らず、困惑したが、もともと度胸はよいのだろう、澄ました顔で、

「フランスです」

と、答えた。フランスには一人くらい国名とおなじ名の作家がいるだろうと、あてずっぽうでいったのである。すると教授は、

「ほう、君はアナトール・フランスが好きか。若いわりに、なかなかしぶいね」

と、感心した。その生徒は合格してしまったというのである。

アナトール・フランスの作品をほとんど読んでいない私としては、その生徒を笑えないが、ひとつ、プルーストの『楽しみと日々』の序文がアナトール・フランスのもので、この序文を読みはじめたところ、あまりのすばらしさに呆然《ぼうぜん》とし、つぎに泣けてきた。名文を読むと泣

けるくせは、いまだになおっていない。したがって、その序文をどうしても泣けて読めないので、本は閉じられたままである。世界じゅうの本の序文のなかで、それが最高である、と私はおもっている。

私が早稲田の英文科の学生だったころ、仏文科に新庄嘉章《しんじょうよしあきら》先生がおられた。私はたった一度しか新庄先生にお目にかかっていない。そのときというのは、私が大学を卒業してからのことである。

大学を出てから、私は同人誌をはじめ、多くの方々にお送りしたが、さっぱり反応はなく、最後の一冊をながめているうちに、新庄先生の名が浮かんだ。その一冊を封筒に入れ、郵送したところ、葉書がきた。

——会いたいから、研究室にきなさい。

というものであった。新庄先生は私の小説を読んでくださって、当時「早稲田文学」の編集長であった立原正秋氏に推薦してくださったのである。

「早稲田文学」をスプリング・ボードにして、飛躍すればよかったのだが、それができなかった私は、低迷をつづけていたので、新庄先生は心配なさって、

――どうしていますか。作品があるのなら、それを「早稲田文学」へ送りなさい。

と、ふたたびお便りをくださった。なんという温《あたた》かさであろう。そのころの私は新庄先生のご厚情にこたえられるだけの力量はなかった。ところで、最近、新庄先生からお便りをいただき、あれからもう二十余年経《た》っているのに、先生は研究室でのことをおぼえていてくださ

ったのである。あのとき先生は、

「ちかごろの学生は、語学はわかっても、文学がわからない」

と、嘆くようにおっしゃった。私なんぞは両方わからなかった者だが、新庄先生のご温情で、小説の道に生かしてもらったようなものである。その新庄先生は、いま、目がどうもお悪いようだ。心配なことである。

妻への詫《わ》び状　結婚二十年

今年の四月十七日で、結婚して二十年がすぎたことになる。二十年まえの妻といまの妻とくらべてみて、意外なことに、さほどの変化はないようにおもえる。

妻はわたしと結婚してすぐに、離婚のことを考えたようだ。そう妻におもわせたのは、商売をしたことのない妻が、人に頭をさげ物を売らなければならない商家にきたという環境のいちじるしい変化や、その家業がもっている経済的不安定さであったろうが、なによりも、わたしが商売に不熱心で家事についていっさい助力をしないということがわかり、そのぶんだけ妻の仕事がふえ、

「女は男に隷属《れいぞく》するものではなく、自立すべきだ」

と、自覚したことであろう。

その希求《ききゅう》は人一倍はげしかったようにおもわれる。

妻は、気性がまっすぐで、またはげしく、好き嫌いは判然としており、好きなものは一生好きで、嫌いなものは死ぬまで嫌いである。それは誇張した表現でなく、実際そうである。

妻にとってもっとも憎むべき存在は夫であるにちがいなく、はやくこの存在からはなれたいと考えつづけてきたにちがいないのに、あい

かわらずわたしの妻であるのは、わが家の七不思議のひとつといってよい。

妻をみていると、

「この人と戦おう」

という目つきをしている。この人とは、むろんわたしのことで、結婚してからの二十年というのは、戦いの歴史であったといっても過言ではない。

「人に負けたくない」

妻の心にはつねにそのおもいがあり、その人のなかには、当然、夫もふくまれる。したがってわたしが写真のコンテストに応募しはじめると、妻もカメラを手にして、わたしより上位の賞をさらったこともある。妻の書道歴は長く、わたしの書く字は、妻より格段に劣る。妻にとって忌《い》むべきことは、わたしのほうが文章歴が長いということである。その差をちぢめるために、日夜読書をし、ときどき発する質問がぶきみなほどするどくなってきた。文章を書くこと以外、なにもしないわたしであるから、詫《わ》びることは多いが、あと何年かすれば、この欄で妻に詫びてもらうことになるかもしれない。

逆説の写真

わからない、ということは、ほんとうにわからないことで、どうしてそれを知ればよいのか、ということすら、わからないことである。わたしが写真をはじめたときも、たぶんそんな状態であったにちがいない。とにかくカメラ雑誌と写真入門書をかたっぱしから読んだ。それでもごく初歩的なことがわからぬまま悩んでいたのだから、その種の入門書を執筆なさる人は、よほど考えていただきたい。つまり執

筆者は写真のプロにきまっており、

——**こんなことくらい、わかっているだろう。**

と、おもいがちなのである。ところが写真をはじめる者は、こんなこともあんなことも、わかっていないのである。

いまになって、もっともおもしろく感じることは、写真というものは目のまえにあるものを撮《と》るにきまっているのだが、じつは予想したものや想像したものを撮るのだ、ということである。そのあたりに言及なさる執筆者は多くない。入門者にそんなことをいってもわからないだろう、というのは不親切というか高飛車《たかびしゃ》というものである。

はやい話が、たとえば一眼レフの場合、シャッターボタンを押した瞬間、ファインダーのなかの像は消えているはずなのである。むろんカメラに慣《な》れた人は、ファインダーをのぞきながら、片方の目で被写体を観察しているのであろうから、いまの写真はこういうものだと計算できている。が、おおかたの初心者は、みえないものを撮ったのである。まさにその一瞬、風景にしろ人物にしろ、フィルムのなかにしまわれて、現像されるまでその全容はあきらかにならない。ここに写真のスリルがある。

わたしはビデオカメラをもっているが、テープを再生するときの感じは、単写真にくらべて、わくわくするものがない。はっきりいって、おもしろくない。やはりワン・ショットに集中する楽しさにまさるものはないのである。

わたしがカメラ雑誌の月例コンテストに応募するようになったのは、

単純な動機であった。地元で撮影会があり、そのときは自分では大いに満足していた作品が、佳作にもならなかったという事実があった。十八年前のことである。若いということは、なまいきということでもあり、わたしはどうしても納得《なっとく》できず、ついに、

――もっとレベルの高い審査の先生にえらんでもらいたい。

と、おもうようになった。

地方の小都市にいると、コンテスト付きの撮影会がしばしばあるわけではない。またそういうコンテストは時間も空間も限定されている場合が多いので、きゅうくつに感じた。

自由な発想がまかり通る場が欲しくなった。

だが、よく考えてみれば、そういう欲望は、じつは凡才のうそぶき

という一面をもっている。たとえば数学の問題を解《と》くのに、時間内ではできないが、家にもどってゆっくり考え、日数をかければ解けるといばっているようなものかもしれない。

それはそれとして、カメラ雑誌でのコンテストは、自分の創造性と自由な意思が尊重されているように感じられたので、はじめることにした。それから三年を経てようやく十位以内の年度賞にたどりついた。そのあいだの悪戦苦闘はほかにも書いたのでここでは詳述しないが、しかしながらいまふりかえってみると貴重な体験であった。

わたしの叔父はカメラ店を経営しながら、自分の作品をこつこつ作っているようなねばりづよい人間だ。その叔父がわたしの小説を読んで、ある一節について、「あの描写は、カメラマンの目だね」と、手紙をくれたことがある。そういうふうに、光のとらえかたを学習したことが、小説のなかで良《よ》かれ悪《あ》しかれあらわれてしまう。自分としては、肉眼で意識しないことをカメラがおしえてくれたのだとおもい、つくづく写真をやってよかったと感謝している。

わたしはたぶん形よりも色の好きな人間であろう。自分の育った実家の窓から海がみえ、その海の色はじつに美しい。海には色があるが、形はないのである。海の色でとくに好きな色は、浅葱《あさぎ》色（ライト・ブルー）なのであるが、海は日によって時間によって青の濃淡をかえる。それをぼんやりみていると、いつのまにかうっとりする。日没時は海は黄金色になる。海をかこむ半島の上空が赤々と燃えるようになる。海にはすべての色があるような気がした。

海とはそういうものであろうとおもいこんでいたが、他の地へ行って海をみると、そうでもない。とくに浅葱色がみあたらない。似た色はあるが、それはわたしの好きな色とはちがう。感情の目で海をみているのである。カメラには感情がないが、それだからこそ正確な色が撮れるというのは、うそである。カメラに感情をもたせてこそ、ほんとうの色が撮れるとわたしは信じている。その感情というのはレンズでありフィルムでありフィルターである。とくにフィルターは、自分の印象を保存するのに役立つような気がする。

——写真のへたなやつにかぎって、フィルターを多用する。

と、いわれれば、そうかもしれない。が、人それぞれであり、ひとつの方法論をおしつけないで、大きな許容量をもった指導者がやはりすぐれているとおもう。これは写真にかぎらず、どの世界でもいえる。わたしはフィルターをつかうことが好きである。その数だけは、プロの写真家にひけをとらない。が、あたりまえのつかいかたをしてもおもしろくない。

わかりやすい例は、ＦＬフィルターである。蛍光灯のしたでは、どんな色にうつるかわからないので、ひとつのＦＬフィルターではおてあげなのだが、役に立たぬといって怒ってもはじまらない。そのＦＬフィルターを太陽光のもとでつかってみると、ふしぎな美しさを感じるときがある。さらにソフトフォーカスのレンズかフィルターと組み合わせてみると、幻想的になる。

あるいは蛍光灯のもとでは緑色がかってうつるのを、逆に利用してもよい。そのどろりとした色が、じつは現代人の生活空間を明るくしているという皮肉が、写真で表現できるというわけである。

そのように、常識からはずれてゆくところに、新しい着想があるのではないか。フィルターの話をつづけると、ある人がフィルターを三つもかさねて、あるコンテストの大賞をとってしまった。大賞の写真には、やわらかさがあった。色フィルターをかさねたのだという。当然、解像力が悪くなる。それを逆手にとって、微妙なやわらかさをだしてしまった。

わたしはまちがいなく写真の腕は悪い。その証拠に、そういった屋外や室内でのコンテストで大賞をとったことがない。が、自分でいうのも変だが、わたしのよいところは、下手な写真を捨てずに、どうにかならないか、と執念深く考えつづけるところにあろう。スライドでも、頭のなかで暗室作業と同じことができるのである。合成写真という奥の手がある。が、それはわたしのように写真のうまくない人間がやることであり、ストレートに撮ることに優れた人は、やる必要はあるまい。

要するにわたしは、写真を撮ることは好きだが、撮ったあと考えることがもっと好きなのかもしれない。

新緑のなかで

四月二十一日

今月のはじめに左眼のしたたににぶい痛みが生じたため、そのえたいの知れぬ痛みに苦しみ、眼科、耳鼻咽喉《じびいんこう》科、歯科、外科の各医院をめぐった。はじめに市民病院の眼科をたずねたが、

「どこも悪くない」

と、いわれ、その病院のほかの科へゆく気がうせた。翌日、高速道

路をつかって蒲郡《がまごおり》の眼科へ行ったところ、眼圧が高くかなりの充血であることを告げられた。が、痛みは眼のしたであるから、日をあらためて蒲郡で鼻を診《み》てもらい、炎症をおさえる薬を受けとった。その痛みの原因は鼻にはなさそうなのだが、

「歯が悪い」

と、そこでいわれたので、地元の歯科へ行った。

こうなったらいっそすべてを検査してもらおうとおもい、地元の外科へ行った。つまり今月の上旬と中旬は通院がおもで、その間、五本の連載小説のうち二本しかこなせなかった。

今日、午前中に歯科へ行き、外科へまわって検査結果をきいた。コレステロールのことをいわれた。要するに運動不足である。歩けばよ

いのである。が、なかなかそれができない。左眼のしたの痛みは引きつつある。なにが原因であったのか、わからない。

四月二十四日

東京で中日ドラゴンズのファンをさがすことは、砂漠で真珠をさがすようなものだ、とおもっている。ところが、その真珠があった。「オール讀物」編集長の鈴木文彦さんである。去年のうちに、

「ナゴヤドームへ行きましょう」

と、語りあっていたが、鈴木さんの御手配で実現した。金沢から画家の西のぼるさんも名古屋にきて、合流した。昨日のことである。その夜の中日ドラゴンズは読売ジャイアンツと戦い、12対0の大差でみ

ごとに大敗した。宿はホテルナゴヤキャッスル（ウェスティンナゴヤキャッスル）であった。そのホテルへ行くのは、昨年の一月三日に、司馬遼太郎さんにお会いした、その時以来である。喫茶室でもバーでも司馬さんがどこにおすわりになっていたか克明におぼえているので、おのずと目がその席へむかった。どちらの席にも、見知らぬかたがすわっていた。それが限りなく哀《かな》しい。
四時に帰宅する。あたりのつつじは満開である。道の両側に花の塘《つつみ》があるようだ。眼はまだ痛い。

四月二十七日
写真をはじめてから、フィルムといえばコダクローム64ばかりであったが、二年ほどまえから、プロビアとベルビアもつかうようになった。とくにスライドの複写にはベルビアはよい。気がついてみると、ベルビアを複写用ばかりにつかい、実写していなかったので、データをとるために、ミノルタのソフトフォーカスレンズとの組み合わせでつかってみた。そのスライドが今日あがってきた。予想通り、赤と緑とがあざやかである。人物を撮るときは、赤が強いので、注意が必要になる。そういえば新潮社の田村邦男さんから、エクタクローム100Sの発色がすばらしいとおしえられたから、そのデータもとらなくてはなるまい。新しいフィルムが自分の感覚のなかにおさまるには、一年以上はかかる。おさまらなければコダクローム64に帰ってしまう。

四月三十日

春の雨はきらきら降る。都会ではけっしてみられない雨である。今日は奇妙に静かで、細雨のなかに色あざやかにつつじが咲いている。家の東の窓からアカシアがみえる。この木はすらりと高く、さほど大きくない葉を地と平行につける。やさしい感じの木であるが、新緑を吹くまえの木は、どきりとするほどけわしい。一年間この木をみてきて、はじめてわかったことである。

五月二日

いま午前三時半である。新聞連載の「太公望」の一回分を書きおえた。だいたい午後の二時から「奇貨居くべし」（「中央公論」）を書きはじめて、午前三時半には「子産」（「歴史ピープル」）を書きおえるのが日課であるのだが、今日は余力がない。いまから「子産」を書くと午前四時半になってしまう。それにしても、先月から眼が祟《たた》られている。昨日は右の瞼《まぶた》にできた突起物を外科で切り取ってもらった。完治していない左眼だけで、「楽毅」（「小説新潮」）を書いた。原稿が遅れており、休めないのである。

五月四日

また午前三時半にこれを書いている。すこし気分のよいことを書きたい。朝夕、鶯《うぐいす》の声が家のなかにいてもきこえる。アカシアの花が咲いた。雨のなかに白い房状の花が浮かんでいた。

床の間に伊賀《いが》の花入れがおかれ、そこに都忘れの花が活《い》けられている。毎日その花入れをみているのでわかるのだが、そこに活けられた花は、凜《りん》と立つ。どの花もそうである。花入れを造った人の精神が花に凴《の》るのであろう。こういう小さなふしぎをまのあたりにしている。雨の音が烈《はげ》しい。床の間の紫の花は凜と静かである。

五月六日

あたりは別荘地なので、五月五日の夜には、各家に明かりはなく、すっかり静かになった。ここ数年、五月の連休に家を空《あ》けたことがない。昨年、この地に引越してきたのだが、五月の連休中にあちこちの田畑で農作業の人をみかけた。天候に休みはないのである。自分もこの連休中は仕事ばかりをしていた。昨日、ようやく井波律子さんに葉書きを書いた。著書を送ってくださっても、礼状を書けないありさまである。井波さんは、一言でいえば、耿潔《こうけつ》な人である。お会いしてもたいへん気分のよいかたである。そういえば山崎純一さんの『列女伝（中）』（明治書院）のお礼がまだである。突然、ひらめいた。五月五日は孟嘗君《もうしょうくん》の誕生日であった。

五月七日

高速道路をつかって掛川《かけがわ》へ行った。四月の中旬に講談社の佐藤瓔子《ようこ》さんの御手配で、縄田一男・陽子ご夫妻と掛川城、小国《おくに》神社、犬居《いぬい》城をみてまわった。そのとき掛川城下で買いそびれた本があったので、買いに行ったのである。往復二時間で帰宅した。

五月八日

もうアカシアの花が散っている。はらはらと散る感じで、雨に濡《ぬ》れた芝生の緑のうえに、花の白が布《し》かれてゆく。めだたないが、さわやかな美しさである。五時半に、講談社の川端幹三さんの来訪あり。「子産」の原稿を三十二枚渡した。あと十八枚である。夜、十時に、「青雲はるかに」(「小説すばる」)三十一回分を書きあげた。眼はまだ治っていない。

腑《ふ》に落ちるの記

なにをいまさら、と笑われるかもしれないが、ポオについて書きたい。

わたしはどういうわけか大学の英文科にはいった。高校では英語に苦しみ、その高校をでて、なおも英語に苦しむ道を択《えら》んだことは、自分のなかにある自虐《じぎやく》性に負けたとしかいいようがない。予想通り、大学では一年目から原書に苦しんだ。T・S・エリオットの評論やスティーヴン・クレインの小説などは、さっぱりおもしろくなかった。ただしT・S・エリオットのものは、いまはおもしろい。ウィリアム・サロイヤン、リチャード・ライト、チャールズ・ディケンズの小説をつぎつぎに読まされたが、かれらの小説が心腑《しんぷ》に達してこない。むろんそれは英語力の不足にかかわりがある。単語の底力をもたない者が、うわつらの文字を追って行っても、文書の妍蚩《けんし》をみきわめられず、詮《せん》釈《しゃく》の深みをのぞきみることはとてもできない。さらにいえば、それらの作品を裏から支えている文化に、理解がとどいていないので、作品の質の良さと特異性などがみえてこない。つまり浅学の者はなにを読んでもおもしろくないのである。

そういう自分にいや気がさしてフランス詩へ趨《はし》った。英文科にいながらフランス詩（大半が翻訳されたもの）ばかりを読んでいるのも奇妙なもので、この奇妙さからもまぬかれようとしたのか、日本の詩も読んだ。イギリス詩については、ワーズワースやキーツのものをのぞいてみたが、どうしても関心をもてず、大学の教授のなかにイェイツの詩についての権威がいたので、その教授の人柄に好感をいだいたこともあって、

——イェイツは悪くない。

と、おもったものの、のめりこんでゆけなかった。くりかえすことになるが、ワーズワースには「虹」とか「水仙」のような名詩があり、なんど読んでも、それらがなぜ卓抜《たくばつ》しているのかわからなかった。ところが十代、二十代のわたしがわからなかったそれらの詩が、五十代

になったわたしには、涙がこぼれるほどすばらしい詩である、とわかるようになるから、歳月とはふしぎなものである。

急に憶《おも》いだしたことがある。イギリスではなくフランスの詩人でもっともすぐれている人とは、たれなのであろう。フランスの文学者たちが集まって、そんな話をしたことがあった。わたしがその場にいれば、迷いに迷って、ボードレールというかもしれないが、

「残念ながら、それは、ユゴーです」

と、いったのは、ジードであったか。その、残念ながら、といういいかたが、いかにもおもしろい。ヴィクトル・ユゴーがフランスでは最高の詩人なのか。わたしは衝撃をうけた。あとでユゴーの詩を読むようになったが、感想はひかえておく。良くないからではなく、うま

くいえぬからである。とにかく、フランス詩にある良さが、イギリス詩やアメリカ詩に、なぜないのか。大学三年生のころに、アメリカの詩人をひとりみつけた。

ハート・クレインである。

一九三二年四月、船上にあったクレインは数人の船客の目前で、身を躍《おど》らせて船外に落下し、カリブ海に消えた。三十二歳であった。かれはアメリカのランボオとよばれる。が、なにぶん文献が寡《すくな》く、はたしてハート・クレインを卒業論文にとりあげても、読んでくれる教授がいそうもないので、あきらめた。つぎにオスカー・ワイルドに目をつけたが、ためらいがあった。わたしは頭をかかえてしまった。仏文科にいればこんなに苦しむことはぜったいにない。

ところがヴァレリーの作品を読みすすむうちに、ポオ（昔からポーとは書きたくない）の存在に気づいた。ポオは詩と小説と評論とをもち、そのどれもが一流ではないか。ようやくほっとしたわたしは、ひとりの教授に、

「卒論は、ポオに決めました」

と、いった。すると、その教授は、

「ああ、レイブンか」

と、いった。わたしはきょとんとした。何のことか、わからなかった。教授はあきれたように、

「君はレイブンも知らずに、ポオをやるのか」

と、いい、苦笑した。あとでわかったのだが、そのレイブンとは、

「The Raven（ザ・レイヴン）」を指し、「大鴉《おおがらす》」というポオの代表的な詩のことである。哂《わら》われたというのは、忘れないもので、わたしはなんとかうさ晴らしをしたいと意《おも》ってきたのであろう、ついに「風と白猿」という短編小説（新潮社『玉人』所収）のなかで、レイブンをつかい、ようやく胸のつかえをとりのぞいた。ところで卒業論文をみてくれたのは小沼丹《おぬまたん》先生だが、レイブンについていったのは小沼先生ではなく、またその教授に怨《うら》みがあるわけではない。その教授も良い先生であった。

さて、卒業してからもポオの著作はわたしの机の周辺から遠ざけられることはなかった。それどころか、かえって近づいた。

わたしは三十五歳になって私塾をひらき、小学校と中学校の生徒に英語を教えるようになった。塾に通ってきた生徒のなかの二、三人が高校生になっても、英語を学びたいというので、わたしはついうなずいてしまった。が、よく考えてみると、かれらは大学受験のための英語力を欲しているのであり、各大学の入試に出題される英文を読んで設問にまちがいのすくない答えを記入してゆくためには、おどろくべき数の単語を知らなければならない。教えるほうは、もっと大変である。わたしは猛勉強をはじめ、それこそ傾向と対策を熟知しようとした。そのようにして一年がすぎたころ、ひとつのエッセーを読んだ。書いた人はどこかの大学の教授であったようだが、はっきりとは憶《おぼ》えていない。受験生のころにどういう勉強をしたかという回想である。かれは英語の勉強をどうしたらよいかと、ある尊敬する人に問うたところ、ぽんと本を与えられた。その本とはD・H・ロレンスの小説（原書）であった。かれは、こんな本を読んで受験勉強になるのか、といちどは疑ったらしいが、考え直して、その本を読んだ。とうとう受験勉強らしいことをせず、D・H・ロレンスの小説を読んだだけで、入試に臨《のぞ》み、合格してしまった。

「それが、よかった」

と、かれはいうのである。なるほど、そういうものか。わたしは腑《ふ》に落ちるものをおぼえ、ふと思い立って、ポオの「黄金虫」を暗記してみることにした。トロイの遺跡を発掘したシュリーマンは英語習得法として、スコットの「アイヴァンホー」を最初から最後までそらでいえるようにしたらしい。「黄金虫」はみじかいので、全部おぼえられるのではないか。わたしは毎日数行おぼえた。ただし、いうときは、最初から今日おぼえたところまで、まちがいなくいうのである。これをはじめて原書の一ページを終え、二ページを終え、三ページのなかばにさしかかったとき、急に英語が楽《らく》になった。たった二ページ半である。原書にむかう恐れが消えたのは、はじめてであった。この気分が、コナン・ドイルの小説をひらかせた。翻訳されたものではなく、英語の世界にいるホームズとワトソンに会うのは、何と爽快《そうかい》なことか。

わたしはすかさず生徒たちに夏休みの宿題としてドイルの「黄色い顔」を与えた。設問を英語ではなく日本語にすることを発明した。たいした発明ではないが、生徒たちがその短編小説（英文）の内容をどれほど掌握《しょうあく》したかを知るには、日本語で問い日本語で答えさせたほうがよい。これが成功したか失敗したか、大学生になり社会人になったかれらに問うたわけではないので、わからない。

かれらが塾から去ったあと、わたしは英語からすこし離れた。中国の古代史にはいったからである。日本人はいまだに漢字を用いているが、ひらがなをまじえない漢文となれば外国語である。漢文は英文より難解であろうか。そうであるとも、そうでないとも、いえない。わたしはもともと漢字が好きであり、まったく読みくだせない漢文を毎日ながめていても、難解な英文を机上においてにらんでいたときよりも、苦痛の程度は低かった。好きなことばは何ですか、というアンケートに、

「思《し》則《そく》得《とく》之《し》」

と、書くことが多い。これは孟子《もうし》のことばで、思えば則《すなわ》ち之《これ》を得る、と訓《よ》む。そのことを真剣に思っていればかならずそれを得ることができる、つまり、わからぬことでも一心不乱に考えていればわかるようになる、と狭義《きょうぎ》に解釈できよう。ただし原文は、学問の世界に意味を限定しているとはおもわれない。政治でも経済でも、あるいは福祉でも、困難に直面してそれを打破しなければまえに進めない、いわば進取の精神をもつがゆえに苦しむ人にあてはまることばであろう。孟子はいちどとりかかったことを中途半端なかたちで放棄することを烈《はげ》しく嫌う。さいごまでやりとげよ、と常にいう。古代史にとびこんだわたしは孟子のことばを信じた。漢文や古代文字のむずかしさに辟易《へきえき》せず、むずかしさのなかに浸《つ》かり、むずかしさを楽しむようになればよい、と肚《はら》をすえた。わからぬことは、わからぬ、とはっきりいい、しかしわかろうとする努力は弭《や》めない。孔子は知らぬことがないほどの人であり、弟子に驚嘆されたが、

「我《わ》れは生まれながらにしてこれを知る者に非《あら》ず。古《いにし》えを好み、敏《びん》にして以《もっ》てこれを求めたる者なり」

と、いっているではないか。いくら孔子でも赤子のときから全知全能であったわけではない。語源について興味をおぼえると、その興味は英語のほうにもすこしむけられた。たとえば、it あるいは is とは、もともとどういうことであったのか。i という字が先頭にあることは、どういうことなのか。こういう話をある編集者にしたところ、侮笑《ぶしょう》をむけられ、話題を転じられた。字の成り立ちなどは小説に関係がない

と無言のうちに斬り棄《す》てられたような気がした。以来、この種の話は、あまり他人《ひと》に語らないようにし、独《ひと》りで考えつづけるようにした。

そのうち、ポオの「アッシャー家の崩壊」という小説にはdではじまる単語が意識的につかわれていることを憶いだした。まず第一行の最初の単語がDuringなのである。それから二、三行のうちにdull, dark, day, drearyという単語があらわれる。ポオはdreary(「わびしい」「もの寂しい」)という単語が好きなのかもしれず、例の「大鴉」でも第一行につかっている。ポオの研究者は、

「このdは下降を暗示している」

と、教えてくれる。この小説の全体が崩壊にむかっていることを、最初からdではじまる単語が暗示しつづけて、ついに崩壊にいたるの

である。この小説の分析に関心をもった人は研究者の評論をお読みになるとよい。空虚を描いても小説が成り立つことを知り、一驚《いっきょう》してもらいたい。

それはそれとして、わたしはポオが天才であることを知っている。するとポオは無意識に最初の語を決定することはあるまい、と気づいた。そこで、ふたたび「黄金虫」にもどった。暗記したのであるから、ページをひらくまでもない。冒頭の語はManyである。もうすこしいえば、Many years ago（「昔」）である。中学生でもたやすく訳せる。では名作「盗まれた手紙」はどうなっているのか。なんということはない、At Paris（「パリで」）が書きだしである。ずいぶん気楽に語を置いたという感じである。

――だが、待てよ。

自分が問題にしたのは単語ではなく、単語の最初の字である。「黄金虫」はMであり、「盗まれた手紙」はAである。Mは豊かさを、Aは覆《おお》われたものを表してはいないか。いうまでもなく「黄金虫」の内容は宝さがしであり、「盗まれた手紙」は、人の知覚と意識のわずかな死角を突くものであり、すべてがあらわになったはずであるのに、最初からあらわであるがゆえに、たれの目にもみえなくなってしまった手紙という、逆説の真理がそこにはある。ゆえに「黄金虫」はMではじまらなければならず（超絶した豊かさを表すのであればBではじまる単語をポオは用意したにちがいない）、「盗まれた手紙」はAではじまらなければならなかった。

あるとき中国の古代文字についての碩学《せきがく》である白川静博士にお目にかかったので、談笑のなかにその話をさしいれた。すると博士は、

「あなたは一を聞いて十を知る」

と、褒《ほ》めてくれた。過褒《かほう》である。わたしはすかさず、

「わたしは一を聞いて二を知るにすぎず」

と、答えた。『論語』にくわしい人に解説は無用であろうが、孔子が弟子の子貢《しこう》に、おまえと顔回《がんかい》とはどちらがすぐれているか、と問うた。子貢は謙虚に、顔回は一を聞いて十を知りますが、わたしは一を聞いて二を知るだけです、と答えた。このあとの孔子のことばが良い。

——如《し》かざるなり。吾《わ》れと女《なんじ》と如かざるなり。

なるほど、およばないな、顔回には。わたしもおまえとおなじで、

顔回にはおよばない。

さいごに「アッシャー家の崩壊」についていっておく。そこではすべてが崩壊したのだろうか。いや、残ったものがある。それはI《アイ》すなわち、わたし、であり、Iはeye《アイ》であり、崩壊しなかったのは目である、というのが、わたしが考えた落ちである。

幻の茶

春は北野天満宮《きたのてんまんぐう》に、夏は東寺《とう》に、というのが、わが家の年中行事となってから久しい。

私には天神さんと弘法さんに助けられたと実感することがすくなくない。それゆえ、おのずとそのふたつの寺社へ足がむく。京都旅行といえば、観光というよりおもに参詣《さんけい》となった。

もっとも十年ほどまえから日本の歴史小説も書きはじめたので、京都を別の目で観《み》る楽しみができた。同伴者である家内は、ふつうの観光にとうに厭《あ》きたようで、私の風変わりな遺蹟《いせき》めぐりに喜んでつきあってくれる。

そのめぐりかたは、たとえばこうであった。

新幹線で京都駅に着いても、家内には、今日はどこに何を観にゆく、とはいわずにタクシーに乗って、

「伏見《ふしみ》の藤ノ森《ふじのもり》小学校へ行ってください」

と、運転手にいった。

――小学校……。

家内がいぶかしげに首をかしげたことは、けはいでわかった。やがて、タクシーは校門の前で駐《と》まった。校門は閉じられているのでなか

にはいれない。私は運転手に、

「ちょっと待っていてください。ほかに行ってもらいたいところがありますから」

と、いい、タクシーをおりて、写真を撮りはじめた。家内は無言で従い、あたりをながめた。坂道の途中に立っているというべきで、あたりに遺蹟らしきものはない。

「小学校とこの坂道をよくみておくといいよ」

家内にそういった私はタクシーにもどった。

遅れて車中の人となった家内は、

「つぎは、どこへ行くの」

と、訊《き》いた。私は運転手のほうにからだをかたむけて、

「乃木《のぎ》神社へやってください」

と、いった。運転手の表情はみえないが、この人は学校の先生ではなかったのか、とわずかに困惑したにちがいない。乃木神社はさほど遠くはなかった。私ははじめて桃山御陵参道を通過したが、途中で南へおりて乃木神社へむかわなければ、明治天皇の伏見桃山陵《ふしみももやまのみささぎ》に到《いた》る。むろんなかにはいれるはずがない。乃木神社にきたのもはじめてで、タクシーをおりた私に、

「それで――」

と、家内は問うた。藤ノ森小学校と乃木神社は、どのような関係があるのか。この問いに私は答えなければならない。

「明治天皇陵に豊臣秀吉の伏見城があった。藤ノ森小学校には徳川

家康の下屋敷が、また、乃木神社には上屋敷があった」

家内が大いに喜んだことはいうまでもない。家内はそういう人である。私がそれほど手のこんだ古蹟めぐりを計画せずに、京都に泊まって、近鉄で家内と大和郡山《やまとこおりやま》へ行ったことがあった。そこにはかつて豊臣秀長《ひでなが》（秀吉の弟）の城があった。城跡を観てしまえば、あとは京都にもどるだけである。ところが家内は、行きたいところがある、といった。そこは、

「上狛《かみこま》」

というところで、奈良線（JR）に上狛駅があるという。大和郡山にはJRの駅もあるので、そこまで歩くことにした。歩きながら家内は、

「上狛にはおいしいお茶があるのよ」

と、説明した。そのお茶というのは、抹茶《まっちゃ》のことで、にがみのないお茶であるという。情報源は私の母で、たしかに私の母はお茶を教えていたことがあった。ようやく私と家内は関西本線の電車に乗った。木津《きづ》という駅で奈良線に乗り換えると、つぎが上狛である。ところが車内アナウンスで、この電車の終点が加茂《かも》であると告げられたとたん、ふたりは顔を見合わせた。昔、奈良に泊まって加茂から信楽《しがらき》の陶器をみに行ったなつかしさがよみがえったのである。急に信楽へ行きたくなったのはふたりともおなじで、けっきょく上狛へは行かず、加茂から信楽へ行ってしまった。京都の宿は柊家《ひいらぎや》であったが、ずいぶん帰りが遅くなったので、大女将《おおおかみ》が心配していたらしい。事情を話した家内は、つぎはかならず上狛のお茶を買ってきます、と大女将にいった。

そのことが私も気になっていたので、翌年の冬に、柊家に泊まったとき、

「今日はおいしいお茶を買って帰ってきますよ」

と、いって、家内とともに宿をでた。まず宇治の槇島《まきしま》城跡を観た。それからJRの宇治駅で、奈良線の電車に乗った。単線であることに少々おどろいた。上狛駅でおりた。駅は想《おも》ったより閑寂《かんじゃく》としていた。駅頭で家内が電話をかけた。が、たれもでないという。しかたがないので駅の近くで、

「ジョウショウエンを知りませんか」

と、家内はたずねた。初老の人が知っていた。私はジョウショウエ

ンとはどのように書くのか、と首をかしげていた。そこから歩いた。福寿園がみえた。そのあたりであると教えられた家内は、ふたたび電話をかけた。携帯電話で話しながら歩いてゆくと、店の人が外にでていてくれた。

「常照園」

という看板がはっきりと目に映《うつ》った。これでおいしいお茶を買って帰ることができる、と心が浮き立った。が、先に店内にはいった家内は、この店の奥さんと話をしており、私のほうをふりかえって、

「お茶を作ることを春でやめてしまったんですって」

と、悲しげにいった。店のとなりに工場がみえた。たしかに閉じられている。それをみたとき、昨年、信楽に行かなければここのお茶を

飲むことができたのか、と悔やんだ。ここのお茶を楽しみに待ってくれている柊家の大女将への土産《みやげ》は、話だけになってしまった。

究極の旅――私が音楽に出会う時、いつもワルターがいた。

片田舎《かたいなか》のレコード店での出会い

片田舎に生まれ育った少年が、中学生のころ、急にクラシック音楽を好きになった、とは、どういうことであろう。

私自身の過去をふりかえってみて、ときどき奇妙におもうことがある。

十歳になるまでの私が接した音楽といえば、三味線の曲と蓄音器《ちくおんき》からながれでる流行歌だけであった。三味線の曲と流行歌は、どう考えても、クラシック音楽の導き手にはならない。

私が最初にクラシック音楽に感動したのは、中学校の校内放送で、メンデルスゾーンの《ヴァイオリン協奏曲》を聴いた時である。それについては、ほかのところで書いた。だが、なぜ、その時、感動したのかはいまだにわからない。

とにかく、私がクラシック音楽を好きになる経緯のなかで、忘れてはならないのは、レコード店と店主の存在である。片田舎にあったレコード店はたったひとつであり、それは純然たるレコード店ではなく、レコードも置いてある、という店であった。店主はすこし暗い感じのする人で、背は低かった。

メンデルスゾーンの《ヴァイオリン協奏曲》を聴いて、おぼえた感動が尋常ではなかったので、さっそく私はその店に行った。曲名がわからないのに、ヴァイオリン協奏曲について、店主にあやふやに語り、そのレコードを捜してもらった。その店主は特別な才能と感覚の持ち主であったのか、私の舌足らずの説明をさげすまず、黙って聴いたあと、

「たぶん、それは、これでしょう」

と、一枚のレコードを採《と》りあげた。

ハイフェッツのヴァイオリンとミュンシュ指揮ボストン交響楽団の演奏が収められているレコードであった。むろんメンデルスゾーンの

《ヴァイオリン協奏曲》であった。

その場で、店主がレコードをかけてくれたかもしれない。あるいは私は店主を信用して、曲の内容をたしかめずに、そのレコードを買ったのかもしれない。いまだに、どちらであったか、わからない。とにかく買ってきたレコードを聴いた私は、曲も演奏も、中学校で聴いたそれとまったく同じであることにほっとした。じつは、これは奇蹟的なことであったのだが、私がその時に感じたことは、

——あの店主はやはり信じられる。

ということであった。

なにはともあれ、このレコード一枚のおかげで、私の心にクラシック音楽が滲《し》みた。

その後、中学校内の音楽室で歌う歌のなかに、ベートーヴェンの交響曲第六番《田園》の第五楽章「嵐《あらし》のあとの喜びと感謝」の主旋律に、日本語の歌詞が付けられたものがあることに気づいた。その歌を歌ううちに、原曲を聴いてみたくなった。

——あの店にゆくしかない。

また、あの店主にレコードを選んでもらうしかない、と私はおもった。

ワルターの容貌《ようぼう》に感じた威厳と優《やさ》しさ

ふたたびそのレコード店へ行った私は、こんどははっきりと曲名をいった。店主が私のことをおぼえていたのであれば、曲名をいうことができるようになったか、とひそかに笑ったであろう。店主はさほど迷わず、一枚のレコードを手に取って私に渡した。ブルーノ・ワルター指揮コロンビア交響楽団の演奏のレコードであった。

店主が迷わなかったというのは、《田園》のレコードは、それしかなかったからではあるまいか。つまりメンデルスゾーンの《ヴァイオリン協奏曲》もハイフェッツ盤しかなかったとすれば、店内にあるすべてのレコードは店主の好みのものであったろう。その店をおとずれるクラシック音楽愛好家は、好むと好まざるとにかかわらず、店主の好みにつきあわされる。好意的にみれば、店主は片田舎の文化の一端をになっていた。私に関していえば、店主の選択は、天啓《てんけい》、であった。

二枚のレコードによって、指揮者という存在とその重要さを知った。

以来、いままで、私はミュンシュとワルターが好きである。比較盤をもたなかった私は、二枚のレコードをくりかえし聴いた。ベートーヴェンの交響曲のなかで、もっとも有名であるのは、第六番ではなく、第五番である、とあとからきかされても、

――そうなのか。


と、おもっただけで、ききながした。

音楽史や音楽の常識には、私は関心をもたなかった。そういう性癖《せいへき》なので、ワルターがどこの国に生まれ、どういう事由で、アメリカに行ったのか、ということも知ろうとしなかった。《田園》のなかで展開されたかれの音楽理念と感性の品格ある豊かさをのぞけば、レコー

ドのジャケットにあるワルターの容貌《ようぼう》がすべてであった。

「慈父《じふ》」

というむずかしいことばを中学生であった私が知っていたはずはないが、その容貌から、威厳《いげん》と限りない優しさを感じた。じつはこの稿《こう》を書くにあたって、数十年ぶりに、そのレコードを書庫のなかで捜《さが》して、抽《ひ》きだしてみた。あまりよごれていなかった。ワルターの容貌は記憶通りであったが、そのうしろにベートーヴェンの胸像があったことは忘れていた。いまあらためてワルターの容貌をみると、

「この人が、もしも指揮者にならなかったら、聖職者になっていたのではないか」

と、おもわれた。

大衆をけがれから遠ざける道を指し導く人のようにみえる。

ワルターの演奏には、指揮者そのものが鳴っている

ところで、このレコードをとりだしたとき、いっしょにモーツァルトの《交響曲第三九番・第四〇番》がでてきた。むろんワルターがコロンビア交響楽団を指揮したものである。

——そういえば、このレコードも、よく聴いた。

こうなると、私はベートーヴェンとモーツァルトの音楽へは、ワルターに導かれて入ったことになる。たしかに私は高校生になってから十年ほど、モーツァルトの音楽に没頭したが、あるとき酔いがさめたようにモーツァルトから離れた。ブラームスやマーラーへ移ったとも

いえるが、そこにもワルターがいた。

ワルター盤がつねに至上であるとはいえないにしても、その作曲家の音楽の典型を示していることはまちがいない。たとえばベートーヴェンの《田園》の第四楽章は「雷と嵐」ということなので、強烈にそれを描ききる指揮者はすくなくない。ワルターの指揮による描写はそこまで烈《はげ》しくない。私も比較盤をもつようになって、ワルターの指揮にもの足りなさをおぼえることがあった。しかしながら、いまは、

——ワルターの指揮のほうがよい。

とおもっている。そこにあるのは音楽的雷であり、音楽的嵐である。完全に具象画《ぐしょうが》に移行するよりも、半具象にとどめておいたほうが、全体のバランスをくずさないし、かえって音楽に奥ゆきを生じさせる。

そういうところに指揮者の人格が反映されている。いや、指揮者そのものが鳴っているといってよいであろう。

大学生のころに、クラシック音楽愛好家のための喫茶店があり、私はしばしばそこに行った。あるとき、友人のひとりとその店に入った。かれはベートーヴェンの《交響曲第五番》をワルター盤でリクエストした。そのころの私は、その曲をトスカニーニ盤でしか聴かない偏屈《へんくつ》者であった。ながれてきた曲の冒頭を聴いて、私はひそかにおどろいた。

――こんなにやわらかな《第五》があったのか。

それから四十五、六年が経《た》ったのに、いまなおそのときのおどろきをおぼえている。音楽にやわらかさがあるというのは、じつはたいそうむずかしいことで、ワルターより後の指揮者でそれを実現した人を知らない。

ところで、誤解のないようにいっておくが、その店で聴いた《第五》が、コロンビア交響楽団のものであったかどうか、わからないということである。CDの時代になって、過去の名演奏をCDでやすやすと聴けるようになったので、むろんワルター指揮コロンビア交響楽団盤で聴いたが、

――少々ちがう。

と、感じた。レコードとCDでは、ちがって聴こえてくることもある。が、おなじワルター指揮でも演奏団体がちがっていた、ということもありうる。

最後に、私は次のようなマラルメのことばを引用したい。

「熱心な信者たちが、指揮者であるあなたとともに歩くのは、理想へとむかう人類の究極の旅なのである」

文庫版　あとがき

自分の過去を、まぶしいものをみるような目つきで、ふりかえったことはいちどもない。

とくに青春時代は暗く、うつむいてクラシック音楽を聴き、うつむいて中原中也の詩を読んで歳月をすごしていただけの男であるから、他人の貌《かお》をまともに視《み》たことがなかった。それで人間の深奥と、人との関係の機微を画《か》かねばならない小説家にあこがれたとは、自分ながらあきれるが、それでも小説家になれるだろうと根拠のない楽観をもっていた。極端なことをいえば、人の存在を重視しなくても、文体だけで、小説を成立させようとしたときがあった。私淑したのはポオであったが、思い通りにはいかなかった。

二十代の私は体験の不足に悩んだ。体験が欠如していても小説は書けそうだが、なかなかそうはいかない。二十代は、自分をふくめて、あたりの事象は現在進行形であり、それらをどれほど熟視しても、小説的輪郭が生じない。あえていえば、人でも物でも、完結形があってはじめて輪郭が生ずる。だから川端康成の「十六歳の日記」と「招魂祭一景」の透徹《とうてつ》した描写には、舌をまいた。感覚と認識力のなかに、若々しさと老成したものが同居していないと、そういう作品は書けない。後者の作品が二十二歳のときに書かれたことに、読者はもっとおどろくべきである。

自分の資性がたいしたものではないとわかってくる年齢があり、私は二十七歳になってすべてを放擲《ほうてき》したくなった。自分自身をも放擲していれば、その歳に死んでいるが、二十八歳に結婚して、妻に救われた。すべてを無くした自分が、文学的にここにしかいない自分であろうとする作業をはじめたが、妻は侮蔑も嘲笑もせずに、無言で見守ってくれた。ことわっておくが、妻は小説を好んで読む人ではない。詩は、萩原朔太郎のものが好きだ、といった。精神と感性の指向が、私のそれとは微妙にずれていることが、かえって負担にならずにすんだ。

私は無価値で無所有の存在でありつづけた。そうでなければ、ほんとうの価値と所有とがわからないと信じた。仏教的に無明長夜《むみょうちょうや》ということばがあるが、私はそのなかにいる、とおもった。いつ目もくらむような光を浴びることになるかわからないが、いつかそういうときがくる、と漠然とおもっていた。が、そのように待ちつづけることは無意味だ、とあるとき気づいた。

自分の道を照らす光源というものは、自分の外にあるものではなく、なかにあるものだ。そのように想到したとき、私の三十代は終わろうとしていた。

ときどき妻は、

蒼《あお》き夏の夜や

麦《むぎ》の香《か》に酔《え》ひ野草《のぐさ》をふみて

小みちを行かば

と、詠《うた》うようにつぶやいた。ランボオの詩である。永井荷風の訳である。そういう浪漫的な人生の歩みを、妻はひそかに望んでいたのであろうが、私と歩く道は暗すぎた。四十代のなかばにさしかかったとき、私は贖罪《しょくざい》ということを考えはじめた。妻の人生をだいなしにした罪をつぐなうには、どうしたらよいか。

――小説なんぞ、さっさと棄《す》てることだ。

それしかない、と切実におもい、実際に棄てる準備をした。さきに無所有と書いたが、ひとつだけ所有していたものがあったのである。それを棄てる、と決め、筆を折ろうとしたとき、突然、私は小説家になった。ほんとうに棄てようとしなければ、ほんとうに得られない、とっくづく実感した。その恐ろしさをふりかえるには、勇気が要《い》る。

二〇一七年四月吉日

宮城谷昌光

本書は、株式会社新潮社のご厚意により、新潮文庫『随想　春夏秋冬』を底本といたしました。

宮城谷昌光（Miyagitani Masamitsu）
1945(昭和 20）年、愛知県生れ。早稲田大学第一文学部英文科卒。出版社勤務等を経て’91（平成 3 ）年、『天空の舟』で新田次郎文学賞を、『夏姫春秋』で直木賞を受賞。’93 年、『重耳』で芸術選奨文部大臣賞受賞。2000 年、司馬遼太郎賞受賞。『晏子』『玉人』『史記の風景』『楽毅』『俠骨記』『沈黙の王』『管仲』『香乱記』『三国志』『古城の風景』『春秋名臣列伝』『楚漢名臣列伝』『風は山河より』『新三河物語』『呉越春秋 湖底の城』等著書多数。

随想　春夏秋冬
（大活字本シリーズ）

2021年11月20日発行（限定部数700部）

底　本　新潮文庫『随想　春夏秋冬』

定　価　（本体2,800円＋税）

著　者　宮城谷昌光

発行者　並木　則康

発行所　社会福祉法人　埼玉福祉会

埼玉県新座市堀ノ内3―7―31　〒352―0023

電話　048―481―2181

振替　00160―3―24404

印刷製本所　社会福祉法人　埼玉福祉会　印刷事業部

ISBN 978-4-86596-487-5